《红楼梦》对联中的金陵十二钗

赵腊平 著

中国文史出版社

序^①

刘能英

　　《红楼梦》是一部中国古代章回体长篇小说，是一部伟大的现实主义巨著，是我国四大经典小说之一。因此，从我识字开始，不管是家长还是老师，都极力教导我要认真阅读。

　　中学以前，我有大把的时间读《红楼梦》，可惜那个时期我能接触到的《红楼梦》，都是又破又旧又厚的古书，本来字就认不全，再加上竖排、繁体、文言文，读不了几页，就坚持不下去了。

　　中学以后，竖排、繁体、文言文都不再是阅读障碍

---

　　①　刘能英，中国作协会员，中国自然资源作协驻会签约作家，中国地质大学（北京）特聘驻校作家，鲁迅文学院第 22 届高研班学员，中华诗词学会诗教培训部高级研修班导师。著有诗词选集《长安行》《大都行》《上苑行》、合集《行行重行行》。

了，却又没有时间阅读。好在中学以后，各种读本多了起来，电视剧也开拍了，接触的渠道自然也多了起来。印象最深刻的是中学老师在课堂上讲的，要读懂《红楼梦》，须先弄清大观园。作者曹雪芹为了让读者吃透大观园，先是从雅的方面，精心设计了"大观园试才题对额"情节，以贾政、宝玉等一众骚人雅士的眼光，将大观园各个景点、各个亭台楼阁介绍了一番；然后又从俗的方面，设计刘姥姥进大观园，以刘姥姥下里巴人的眼光，再次将大观园的情况介绍了一番。至此，大观园在读者心中的概况，自然就逐渐清晰起来。我也是因了中学老师的这次提醒，在原著里专挑这两个情节来读的，从而从雅俗两个方面对大观园有了初步认识。但迫于中考、高考的压力，对《红楼梦》的阅读，仅此而已。

2022 年，腊平兄的大作《开卷处处皆学问》即将付梓，嘱我作序。论学问论资历，我知道我的实力是远远不够的，腊平兄之所以允我一试，是念着他的这部作品里，煞尾篇《解码曹雪芹的"清净女儿之境"》里涉及了大量的楹联，而我近年又恰好在楹联方面多了点偏爱，又师从中国楹联学会创始人之一的常江先生，虽习联无所获，却沾了先生不少名气。为不负腊平兄的信任，也不负常江先生平日里的教诲，我花了近一周的时间，把《开卷处处皆学问》一字不落地认认真真地读完了，然后又花了一周的时间，认认真真地写了篇读后感《开卷有益信不虚》。我之所以称其为读后感，是因为这篇文章确实是我读完这部书后的真实感受。开卷有益，特别是读到最后的《解码曹雪芹的"清净女儿之境"》时，我确实受益匪浅。大观园里的楹联，我零零星星地读过一些，也听常江先生讲过一些，但多半是从楹联的技术角度去欣赏、解构，直到读完腊平兄的这篇《解码曹雪芹的"清净女儿之境"》，才知道现实版北京大观园里的楹联，并不等同于《红楼梦》中虚拟大观园里的楹联。现实版北京大观园里，每一个亭台楼阁，都配有相应的楹联。凡是《红楼梦》原著中已经配有楹联的，就直接引用；原著中没有配备的，皆由红学专家周汝昌先生根据原著中人物的性格及命运撰拟。如北京大观园红香圃门口的对联"红殿余春花烂漫，香连微醉梦沉酣"；又如北京大观园紫菱洲上缀锦楼的对联"画栋参差春似织，宝帘掩映梦如云"；再如北京大观园嘉荫堂大门楹联"座上金钟联吉庆，阶前珠幕护扶疏"；等等。如果不是特别提醒，单从技术、技巧的角度，也是很难分清哪些是原著中曹雪芹所撰，哪些是周汝昌先生所题。而这样的楹联知识点，我竟然是从腊平兄的这篇文章里学到的，真的是有点汗颜。但也真的是应了腊平兄的"开卷处处皆学问"，也才有了我的最真实的读后感"开卷有益信不虚"。

腊平兄说："近年来开始认真研读《红楼梦》，感觉受益良多，但决定写《〈红楼梦〉对联中的金陵十二钗》这本小册子，则是在去年高考之后。具体地说，是因为2022年全国甲卷高考语文试卷作文试题与《红楼梦》有关。"而我开始认真研读《红楼梦》，特别是《红楼梦》里的诗词楹联，则是去年读了腊平兄的《开卷处处皆学问》里的《解码曹雪芹的"清净女儿之境"》之后。我笑言，腊平兄的红楼缘是缘于高考命题，而我的红楼缘则缘于为腊平兄作序。《解码曹雪芹的"清净女儿之境"》系统地介绍了大观园里的每一副楹联以及创作背景，我才知道，对大观园的认识，原来还可以尝试这一种途径。

但读完之后，总觉得意犹未尽，总觉得还缺点什么，具体缺什么，一时也说不清。

2023年新年伊始，收到腊平兄的新书电子稿《〈红楼梦〉对联中的金陵十二钗》，他告诉我，《开卷处处皆学问》出版以后，不少读者留言，想要用最便捷最快速的方式重读经典，领略《红楼梦》"千红一窟（哭）""万艳同杯（悲）"的悲剧力量及特有的艺术魅力。于是他便答应了出版社的请求，决定在《解码曹雪芹的"清净女儿之境"》这篇文章的基础上，将主题集中在与金陵十二钗有关的对联解读上，扩展成一部书。

　　我就迫不及待地打开了电子版，像追剧一样，轻轻松松就追完了十二钗，终于知道上次的意犹未尽是什么。《〈红楼梦〉对联中的金陵十二钗》，将一个个亭台楼阁的楹联与一个个对应的具体人物的出身、特点、个性、才情、命运等关联起来，解析有据，典出有源，如考证黛玉的籍贯，不惜用字四千，多次引用原著中的白纸黑字，几乎把原著翻了个底朝天。这还不算，为了证明"香丘"的存在，在原著之外，把宋代出版的《吴郡志》也翻出来了，最后连唐代陆广微撰写的地方志《吴地记》也搬出来了，足见腊平兄是下了功夫的。十二个清净女儿，既有相似的命运，又有不同的遭遇。她们之间各种关系的交织，命运也罢，遭遇也罢，冥冥之中早有安排，不仅体现在她们的判词里，也在为她们撰写的楹联里设下了埋伏。

　　这次不等腊平兄开口，我就自告奋勇地提出再写一篇读后感，但同时也提了一个小小的要求：希望腊平兄能接着写下去，比如《〈红楼梦〉副册中的金陵十二钗》《〈红楼梦〉诗词中的清净女儿》《〈红楼梦〉曲中的清净女儿》等等，新辟一条轻松阅读《红楼》的途径，让更多的像我一样与《红楼梦》有缘但又没有时间细读精读系统地读的读者，能轻松便捷地阅读《红楼梦》，让

更多的读者与《红楼》结缘、续缘，让更多的文学爱好者"领略中华传统文化的博大精深、光芒璀璨与魅力无穷，从而挖掘与汲取其中的精华，更好地传承与发扬光大，进而增强我们融入血脉的文化自信"。

癸卯年春于地大两美轩

《红楼梦》也可以这么读（代前言）

——从《红楼梦》故事成为高考语文作文题谈起

我们不妨先来看一个作文题——

阅读下面的材料，根据要求写作。（60分）

《红楼梦》写到"大观园试才题对额"时有一个情节，为元妃（贾元春）省亲修建的大观园竣工后，众人给园中桥上亭子的匾额题名。有人主张从欧阳修《醉翁亭记》"有亭翼然"一句中，取"翼然"二字；贾政认为"此亭压水而成"，题名"还须偏于水"，主张从"泻出于两峰之间"中拈出一个"泻"字，有人即附和题为"泻玉"；贾宝玉则觉得用"沁芳"更为新雅，贾政点头默许。"沁芳"二字，点出了花木映水的佳境，不落俗套；也契合元妃省亲之事，蕴藉含蓄，思虑周全。

以上材料中，众人给匾额题名，或直接移用，或借鉴化用，或根据情境独创，产生了不同的艺术效果。这个现象也能在更广泛的领域给人以启示，引发深入思考。请你结合自己的学习和生活经验，写一篇文章。

很多人不会陌生，这是 2022 年全国甲卷高考语文试卷中的作文试题。

高考语文试卷作文题目以《红楼梦》中的一段故事为题，考生们反响强烈，也引起了网友们热议。不少网友感慨作文题目"太难了"，更有人大呼"连题都看不懂"。但更多的人表示，"欣喜地看到高考语文试题能有《红楼梦》的内容，出这题的老师真的是走心了，很有水准"。事实上，有关《红楼梦》"大观园试才题对额"的考题甚至因此冲上了微博热搜，连 1987 版电视剧《红楼梦》也跟着在网络刷屏。

说这道题有多难，或偏到哪里去，有点言过其实。《红楼梦》是中国古典小说名著不错，但毕竟是清代小说，写的也是清代的事儿，但凡有点古汉语基础，还是可以看得懂大意的。而且，高考作文题材料后面说得非常清楚，《红楼梦》的情节只是作文的思维原点，关键要看你如何从这个原点引发到社会生活等其他层面的思考。问题在于：你确实要知道一点《红楼梦》。即便你没有完整读懂《红楼梦》，但至少你要读过，或者读过与红学有关的书籍，知道材料里的这个情节，并明白为什么说这"沁芳"好。这样，作文时，你才有可能在解读原材料的基础上，明白引用、点化、独创各自的美学内涵，肯定贾宝玉的创新精神，进而结合自己的学习和生活经验，由此说开去，说明不落窠臼、大胆创新的重要性。这样的话，你不仅可以精准扣题，得分肯定也不会低。

经典之所以成为经典，在于它经过岁月的洗涤之后，依然能被人记起，进而细细品味，香甜满口，历久弥新。如果这样的作文题目能把孩子们的视线从碎片化的东西，拉回到像《红楼梦》这样的中国古典小说名著上面，其意义肯定不单单停留在这个作文题目本身。如果说语文教学的目的之一，是为了培养学生的语文素养、文学修养以及创造性思维的话，那么，从古今中外的经典文学作品中汲取营养，就是必不可少的环节。首先要读得懂。只有读得懂，真正消化，才能汲取营养，写出符合要求、给人以启迪的优秀作文。笔者猜想，这也是出题者的用意。

现在年轻人追捧传统文化的热度正在上升，但实事求是地说，对于从小成长于白话文语言环境之中的年轻学子来说，要通畅淋漓地阅读类似于《红楼梦》这样的古典名著，往往会遇到时代差别很大、文言句式多、诗词与对联晦涩的问题，会感到难读、难懂甚至"读不下去"。怎么办呢？就是要去除年轻学子们对《红楼梦》等古典名著的畏惧心理。同时，要像拍摄电视连续剧那样，想办法通过课文或课外读物，让《红楼梦》这些经典名著以灵活多样、通俗易懂、喜闻乐见的形式进入学生的视野。比如，能不能从《红楼梦》中的诗歌、词曲、对联切入，让年轻人比较轻松、愉快地接受经典名著的熏陶，掌握其中的精髓，学到文学的技巧。

众所周知，《红楼梦》是我国古代四大名著之一，也是世界文学的经典巨著之一。《红楼梦》属章回体长篇小说，大约成书于1784年（清乾隆四十九年）前后，原名《石头记》《情僧录》《金玉缘》《风月宝鉴》《金陵十二钗》等，梦觉主人序本正式题为《红楼梦》。全书一百二十回，前八十回为曹雪芹所作，后四十回一般认为是高鹗所续。书中以贾、史、王、薛四大家族为背景，以贾宝玉、林黛玉爱情悲剧为主线，着重描写贾府这个有典型意义的封建贵族家庭由盛到衰的过程，暴露了封建社会末世的腐朽和黑暗、人性世态及种种无法调和的矛盾，从而深刻揭示了封建社会濒临崩溃和灭亡的历史趋势。

"满纸荒唐言，一把辛酸泪。都云作者痴，谁解其中味?"《红楼梦》写贾府的衰亡是把它放在特定的社会历史环境即当时社会存在的各种矛盾冲突中来写的。在一系列错综复杂的矛盾中，作者着力表现的是以贾母、贾政、王夫人、王熙凤为代表的封建统治者和以宝玉、黛玉为代表的封建贵族阶级叛逆者之间的矛盾斗争。作者精心塑造了贾宝玉、林黛玉的形象，热情赞扬了他们对传统的封建主义人生道路的背叛和他们反封建礼教的忠贞爱情。《红楼梦》对宝黛爱情的讴歌，反映了作者的爱情理想，闪耀着民主主义的思想光辉。

《红楼梦》在艺术上的成就是空前的。在广阔的社会背景下，作者通过对平凡的日常生活的精心提炼和细致描绘，真实再现了当时的社会现实。全书写了四百多个人物，贾宝玉、林黛玉、薛宝钗、王熙凤等都是血肉饱满、个性鲜明的艺术典型。全书结构宏伟，细节描写十分出色。语言洗练自然，具有浓郁的生活气息和很强的表现力，人物的语言具有很强的个性。

在国内文学界，《红楼梦》一直被公认为是中国古典小说不可逾越的巅峰。《中国大百科全书》评价说，《红楼梦》的价值怎么估计都不为过。《大英百科》评价说，《红楼梦》的价值等于一整个的欧洲。毛泽东主席曾专门谈到《红楼梦》，"我至少读了五遍……我是把它当历史读的。开头当故事读，后来当历史读。不读五遍《红楼梦》，没必要发表评论"。鲁迅先生曾在《中国小说史略》中评说："《红楼梦》是中国许多人所知道，至少，是知道这名目的书。谁是作者和续者姑且勿论，单是命意，就因读者的眼光而有种种：经学家看见《易》，道学家看见淫，才子看见缠绵，革命家看见排满，流言家看见宫闱秘事……全书所写，虽不外悲喜之情，聚散之迹，而人物事故，则摆脱旧套，与在先之人情小说甚不同。"鲁迅先生在《中国小说的历史的变迁》中更是指出："自有《红楼梦》出来以后，传统的思想和写法都打破了。"高度评价《红楼梦》在思想和艺术上的杰出成就。

总之，《红楼梦》在我国文学史上影响深远，它把中国古典小说的创作推上了空前的高峰。《红楼梦》不仅是我国文学宝库中的珍品，也是世界文学中的佳作。

笔者近年来开始认真研读《红楼梦》，感觉受益良多。《红楼梦》艺术成就与价值体现在诸多领域，在对联方面造诣也很高，其中有不少经典之作。

我们知道，匾额与对联（或称楹联）起源于五代时期的桃符，自宋代开始挂、贴于建筑物的楹柱之上。至清代康乾时期，由于统治者推崇，这一独特的文学形式开始盛行，并一直延续到今天，成为中华优秀传统文化艺术宝库中一颗璀璨的明珠。

《红楼梦》产生于"烈火烹油，鲜花着锦"的康乾盛世。活跃在乾嘉时期的文化大家梁章钜在其著作《楹联丛话》"自序"中说:"我朝圣学相嬗,念典日新,凡殿廷庙宇之间,各有御联悬挂。"可见楹联在当时的确发展到了一个高峰。匾额、对联作为这一时代显性的文化元素,理所当然地会被浓缩在描绘这一时期社会图景的《红楼梦》当中。

据红学专家张晓冰先生统计(见《〈红楼梦〉里的楹联》一文),《红楼梦》楹联一共五十一副,其中前八十回三十六副,后四十回十五副。这些对联主要是两类:一类是传统话本小说中惯用的"回末联"和作者直抒胸臆的评论感叹联,计十六副;另一类可称为实用联,即悬挂、镌刻、张贴在建筑物楹柱、房屋大门两旁和室内的对联,这一类对联往往与匾额(或称横批)相配,横批有的就是建筑物名称,有的则是题写的匾额,有二十副。

前面已有提及,《红楼梦》本来叫《石头记》《金陵十二钗》等,为什么改为《红楼梦》呢?我们知道,"红"在古代代表"女儿",即女性;"楼"是深闺大宅;"红楼"是指住在深闺大宅中的女性,多指官宦人家的小姐。有一段脂批曰:"所谓'好知青冢骷髅骨,便是红楼掩面人'是也。"《红楼梦》是有史以来最出色的一部以歌颂女儿之美和大观园中青春男女爱情、伤悼女儿悲剧为主题的小说作品。《红楼梦》塑造的金陵十二钗是很难逾越的经典艺术群像，她们个个貌美如花，个性鲜明，才情过人，却又命运多舛，红颜薄命，令人扼腕。

有意思的是，金陵十二钗中，大多数都可以在《红楼梦》或权威红学专家的笔墨中找到与她们的人生对应的对联。这些对联当中，有不少是挂在住舍门厅、大堂或廊柱上。如第十八回，元妃命笔砚伺候，亲拂罗笺，题大观园正殿匾额"顾恩思义"，对联"天地启宏慈，赤子苍头同感戴；古今垂旷典，九州万国被恩荣"。这是典型的颂圣联，元妃是借对联拍皇帝的马屁呢。有的是院子或房舍的对联。如大观园内贾探春住处秋爽斋内挂着一副对联："烟霞闲骨格，泉石野生涯"；林黛玉潇湘馆的对联是"宝鼎茶闲烟尚绿，幽窗棋罢指犹凉"；李纨稻香村："新涨绿添浣葛处，好云香护采芹人"；薛宝钗蘅芜苑："吟成豆蔻才犹艳，睡足茶蘼梦也香"。房间里也是可以挂对联的。如第五回，贾宝玉在宁国府秦可卿上房看到一联后很反感："世事洞明皆学问，人情练达即文章"；秦可卿的卧室则有宋学士秦太虚写的一副对联："嫩寒锁梦因春冷，芳气笼人是酒香。"有的是对故事情节的感叹，如《红楼梦》第六回写凤姐资助刘姥姥二十两银子，伏线千里，为后来刘姥姥救巧姐埋下伏笔，作者这一回的回末直书一联："得意浓时易接济，受恩深处胜亲朋。"有的是作者对书中人物的赞叹，用以点明主题，如第十三回夸凤姐、探春等的能力高强："金紫万千谁治国，裙钗一二可齐家。"等等。

还有很多其他的对联，如《红楼梦》第一回《甄士隐梦幻识通灵　贾雨村风尘怀闺秀》中，甄士隐中秋夜邀贾雨村饮酒，雨村在葫芦寺中思及平生抱负，苦未逢时，乃对天长叹，高吟一联："玉在椟中求善价，钗于奁内待时飞"；第二回《贾夫人仙逝扬州城　冷子兴演说荣国府》中，贾雨村在林如海处做西宾（教黛玉读书），偶至郊外信步，在智通寺门旁见一"破联"："身后有余忘缩手，眼前无路想回头"；第三回《贾雨村夤缘复旧职　林黛玉抛父进京都》，荣国府荣禧堂有一联"座上珠玑昭日月，堂前黼黻焕烟霞"，对这个钟鸣鼎食之家做了最为生动形象的描绘；还有一副对联在《红楼梦》的第一回和第五回中出现过两次，那就是"假作真时真亦假，无为有处有还无"。

基于此，2022年高考后，笔者试图撰写这本小册子，尝试从《红楼梦》中有关主要人物的匾额、对联以及词曲切入，从另一个角度来阅读和解析《红楼梦》，特别是金陵十二钗，即林黛玉、薛宝钗、贾元春、贾迎春、贾探春、贾惜春、李纨、妙玉、史湘云、王熙凤、贾巧姐、秦可卿等，系统地介绍这些灵魂人物的出身、特点、个性、才情、命运等，从中窥探作者对各色人物的态度以及对她们命运的设计与安排，揭示作者"记叙自己半世亲见亲闻的几个女子，为闺阁立传"的初衷，领略小说"千红一窟（哭）""万艳同杯（悲）"的悲剧力量及特有的艺术魅力，揭示作者创作这部小说的背景、目的、意蕴、主要内容，解构小说在情节发展上独出心裁的艺术构思，为喜欢这部名著的读者提供另一条研读的途径，为莘莘学子寻找一种轻松愉快地接触古典文学的方式，从而领略这部古典文学名著深厚扎实的文化积淀，感受其经久弥新的艺术魅力和非同凡响的文学价值，进而爱上文学。

我们应该提醒大家，经典作品之所以能够穿越历史时空留存于当下，就是因为其拥有巨大的文学价值与永恒的精神力量。你读与不读，经典作品就在那里。一旦我们捧起经典，并开始与经典对话，经典就钻进我们心里了。

笔者希望广大喜欢《红楼梦》的读者可以看到这本小册子，也希望拙著可以为年轻的学子们阅读《红楼梦》打开一扇窗，通过对这些匾额、对联、词曲的解码，让我们在读懂金陵十二钗这些冰雪聪明、个性鲜明的奇绝女子的同时，也可以领略到贯穿全书、洋溢其中的文学之美，让我们在诗情画意中感知到深植于《红楼梦》描绘的那个时代和当今文化根系中一以贯之的文化脉络，在强烈的共鸣中领略中华传统文化的博大精深、光芒璀璨与魅力无穷，从而挖掘与汲取其中的精华，更好地传承与发扬光大，进而增强我们融入血脉的文化自信。

在拙著即将脱稿付梓之际，我要感谢中国作家协会副主席白庚胜先生和中国自然资源作家协会主席陈国栋先生，他们二位对我撰写此书给予了热忱鼓励，让我坚定了出版这个册子的决心；感谢为本书作序的著名诗人、对联专家刘能英女士，她耐心细致地阅读了书稿并做出了认真评价，其中不乏溢美之词，尽管诚惶诚恐，但也让我备感温暖；感谢我的家人，他们默默的奉献给了我极大的支持。

需要指出的是，限于视野、阅历与学识，册子中可能会存在这样或那样的纰漏甚至错误，敬请广大读者批评指正。

赵腊平

2023 年 2 月 16 日于北京

目　录

1

《红楼梦》对联中的金陵十二钗

林黛玉

宝鼎茶闲烟尚绿
幽窗棋罢指犹凉

"宝鼎茶闲烟尚绿，幽窗棋罢指犹凉"一联出自《红楼梦》里大观园中的潇湘馆。潇湘馆是林黛玉的居住地。

林黛玉是什么人呢？

林黛玉是《红楼梦》中的女主角，金陵十二钗正册双首之一，贾母的外孙女，贾母幺女贾敏与扬州巡盐御史林如海之独生女，贾宝玉的姑表妹、恋人、知己，贾府通称"林姑娘"，是曹雪芹在中国古典文学名著《红楼梦》中塑造的极富灵气的经典女性形象。

据《红楼梦》第二回介绍，林黛玉祖上是原本"只封袭三世"的列侯，后加恩增袭一代。小说中的林家，"支庶不盛，子孙有限"，林黛玉之父林如海只有几门堂族。林如海是前科的探花，初为兰台寺大夫，后调扬州任巡盐御史。母亲贾敏是贾母最小的女儿。林家"虽系钟鼎之家，却亦是书香之族"。林黛玉曾有小一岁的幼弟，养到三岁死了，所以父母对她爱如珍宝。林黛玉五岁时因父做官迁居扬州，此时其父林如海年已四十，膝下无子，见她聪明清秀，便请了贾雨村做家庭教师，教她读书习字，假充养子之意。黛玉六岁时，贾敏一病而亡，林如海将黛玉送到岳母贾母处生活。黛玉十一岁时，其父林如海也因身染重病而去世，丧事由贾琏帮忙操办。从此黛玉常住贾府，深受贾母等人疼爱，养成了孤标傲世的性格。十二岁时，舅表姊贾元春省亲，林黛玉入住潇湘馆。

林黛玉居住的潇湘馆，名字为元春省亲时所赐。大门顶端有一匾额，上书"有凤来仪"。说起这"有凤来仪"四个字，还是宝玉争来的。《红楼梦》第十七回《大观园试才题对额　荣国府归省庆元宵》中，贾政带贾宝玉等众人游览刚刚竣工的大观园，到了一处"两三间房舍小院"时，但见"数楹修舍，有千百竿翠竹遮映，后院有大株梨花兼着芭蕉"，众人分别题"淇水遗风""睢园雅迹"等，宝玉道："这太板腐了，莫若'有凤来仪'四字。"接着，宝玉在他父亲的命令下，作了一副对联，这就是一开始提到的对联。

"有凤来仪"典出《尚书·益稷》"箫韶九成，凤凰来仪"。"箫韶九成"：箫韶，《尚书》中指虞舜乐；九成，九奏也。简单说，就是《箫韶》乐章分九章，尽演可奏九遍，所以《箫韶》又称《九韶》。先秦时期，各

4

方面都盛推《九韶》为最美好的音乐。《论语·述而》云："子在齐，闻《韶》，三月不知肉味。曰：不图为乐之至于斯也。"箫韶九成，亦言"圣主"之盛德至极，故生"瑞应"。"瑞应"就是"凤凰来仪"，所以也是颂圣语。"凤凰来仪"：凤，是一种异常美丽的神鸟。据《尔雅·释鸟》："鶠，凤；其雌，皇。"郭璞注："鸡头，蛇颈，燕颔，龟背，鱼尾，五彩色，高六尺许。"凤后来特指女性，并多用以比后妃。仪，相配、配合；也指仪表、仪态、仪范，如母仪天下。笔者认为，"仪"在这里也可以动词化，即一展美丽的仪态。"有凤来仪"与"凤凰来仪"意思一样，神奇的凤凰被吸引过来，翩翩起舞，一展美丽的风姿。

相传秦穆公之女小名弄玉，不仅相貌如花似玉，还擅长吹笙，自成音调，其声宛如凤鸣。某天夜里，弄玉在凤楼上吹笙，远远好似有和声传来，余音美妙，如游丝不断，此后弄玉茶饭不思。秦穆公知道后派人找来了这个少年——萧史，弄玉的病不治而愈。从此，弄玉天天在凤楼和少年合奏笙箫，伉俪应和。某一天夜里，两人正在皎洁的月光下合奏，忽然有一龙一凤应声飞来，于是萧史乘赤龙，弄玉乘紫凤，双双翔云而去。

大观园潇湘馆的"有凤来仪"、《三国演义》中的"凤仪亭"，都是就美丽的女性而言的。潇湘馆的"有凤

来仪"，说的是有凤凰来到这里展示风采，这个"凤凰"是谁？自然是贾元春，即元妃。元春要回贾府省亲，宝玉说"这是第一处行幸之所，必须颂圣方可"，即指此。潇湘馆又是整部《红楼梦》中唯一强调有大片竹子的地方，而传说中，凤凰以练实（竹实）为食（见《庄子·外物》），故"竹之风骨"被认为是暗喻黛玉，黛玉也被誉为"人中之凤"。元春回宫后，此地归黛玉居住。脂砚斋在这里批道："果然，妙在双关暗合。"

《三国演义》中的"凤仪亭"，本意也是凤凰展示风采的地方，后来美女貂蝉与吕布在这里约会。故事大意是，吕布知道董卓携貂蝉回府，收为姬妾，心怀不满。一日，吕布乘董卓上朝时节，入府偷窥貂蝉，貂蝉邀其至凤仪亭相会。貂蝉见吕布，假意哭诉被董卓霸占之苦，吕布愤怒。这时董卓回府撞见，怒而抢过戟来，直刺吕布，吕布飞身逃走。从此两人互相猜忌，王允便说动吕布，剪除了董卓。所以这个"凤仪亭"又被人们称为"梳妆掷戟"。

现在我们来解读潇湘馆的对联："宝鼎茶闲烟尚绿，幽窗棋罢指犹凉。"

上联"宝鼎茶闲烟尚绿"：宝鼎，这里指煮茶的鼎炉。茶闲，茶煮好了，喝着茶悠闲地聊天。本来茶沸热时才会有绿烟，现在却说"茶闲"之时亦是如此。这绿色的蒸汽为何久久不散，显然是因为翠绿的竹林遮映所致。也就是说，翠竹环绕，竹叶遮映，蒸汽萦绕不散，所以怀疑尚有绿烟袅袅。这样，上联的意思就不难解了：宝鼎不煮茶了，屋子里还飘散着绿色的蒸汽。

下联"幽窗棋罢指犹凉"：幽，幽静。在幽静的窗前下棋，棋已停下很久了，手指头还感觉到有一丝丝的凉意。这凉意从何而来？也是因浓荫生凉之故，还是没有离开竹林。

这副对联的意思便是：宝鼎已经不再煮茶了，但室内还飘散着绿色的蒸汽；棋局已罢，但手指仍感到一丝丝凉意。这其实是一种模糊性的表达，身处室内，却感到竹影摇曳。因室外的翠竹之绿，误以为室内茶烟尚绿；因室外的竹荫生凉，而感觉室内主人指尖犹凉。这是视觉形象与触觉感知的融合。在似与不似之间，这副楹联就把潇湘馆内的主要植物竹子深深印在人们的心中了。

这一联与小说中提到的陆游诗句"重帘不卷留香久，古砚微凹聚墨多"同属一路，从琐事细节上体察物性事理，以表现一种闲情逸致。作者紧扣了翠竹的特点，不着一"竹"字而把竹写得神态毕现。联中的"茶闲""棋罢"用得绝妙，吟诵此联，由景及情，由物及人，在贵族家庭中生活的公子、小姐们那种闲逸之情态似映入眼帘。这对联影射黛玉，赞其幽美清丽，"指犹凉"

也暗示黛玉最终的悲剧结局。

如果仅仅这样解读这副对联还是停留在表层。元春回贾府省亲时，曾为这个有竹子的地方赐名"潇湘馆"。潇湘，原为湘江别称，在今湖南省。《山海经·中山经》："交潇湘之渊。"郦道元《水经注·湘水》："神游洞庭之渊，出入潇湘之浦。潇湘者，水清深也。"舜父顽，母嚚，弟劣，曾多次欲置舜于死地，因娥皇、女英的帮助而脱险。舜继尧位，娥皇、女英为其妃，曰湘夫人。后舜帝南巡苍梧而死，崩葬九嶷山。二妃千里寻夫，知舜已死，抱竹痛哭，泪尽而死。其泪染青竹，竹上生斑，故称"潇湘竹"或"湘妃竹"。

《红楼梦》三十七回探春开黛玉的玩笑时说："如今他住的是潇湘馆，他又爱哭，将来他想林姐夫，那些竹子也是要变成斑竹的，以后都叫他作'潇湘妃子'就完了。"似亦暗示黛玉最终"泪尽而逝"的结局。元春省亲时要求宝玉作诗。宝玉作的《有凤来仪》云："秀玉初成实，堪宜待凤凰。竿竿青欲滴，个个绿生凉。进砌防阶水，穿帘碍鼎香。莫摇清碎影，好梦昼初长。"庚辰本脂批道："妙句！古云'竹密何妨水过'，今偏翻案。"

既然脂批评价极高，我们不妨多聊几句。据说"竹密不妨流水过"这句诗典出南宋高僧道川禅师的诗偈："旧竹生新笋，新花长旧枝。雨催行客到，风送片帆归。

竹密不妨流水过，山高岂碍白云飞。"竹密"这两句意思是说，竹林再密，不会妨碍流水经过；山峰再高，也无法阻碍白云飞越。诗人用密林高峰，比喻纷繁芜杂的世间万法；又用无形之水、不定之云，比喻人们的清净自性。

"竹密不妨流水过，山高岂碍白云飞"，原是表达一种达观的人生态度，贾宝玉反其意而用之，表现出他的聪慧。"凉"字在《红楼梦》诗词中本不多见，且黛玉之"凉"与宝钗之"冷"不同，今于对联、诗两处见"凉"，且皆为省亲颂圣等热闹处，既有对黛玉"那人却在灯火阑珊处"之暗赞，亦有对其终归"离恨天"之哀挽。

附带说一句，"幽窗棋罢指犹凉"，宋代欧阳修有一首《梦中作》也有类似的表达："夜凉吹笛千山月，路暗迷人百种花。棋罢不知人换世，酒阑无奈客思家。"元代四大曲作家之一的白朴在所写的《满江红·行遍江南》中也有同样的说法。一个人在外游历经年，回来时却发现原来的亲友许多都已经不在了，感觉自己就像是山中棋罢归来，却不知人间已经换世了。人生如棋，很多时候，我们竟然不知道自己身在何处，心灵寄挂何处。

事实上，林黛玉虽然是寄人篱下的孤儿，但是她绝丽脱俗，雅若天仙，个性纯真灵净，说话率直，不沾染

人间烟火，多愁善感，心思细腻，代表着女性的最高价值。

林黛玉年龄虽小，其举止言谈不俗，"身体面庞虽怯弱不胜，却有一段自然的风流态度"，心性高洁，用现代的语言来说，林黛玉在精神上是有洁癖的。比如，当贾宝玉把北静王所赠的一串御赐名贵念珠送给她时，她却说："什么臭男人拿过的，我不要这东西！"又如，贾宝玉要把落花葬在水里，林黛玉则认为大观园里的水干净，但一旦流出去，外面人家脏的臭的混倒，仍旧把花糟蹋了。所以她在园内畸角上做了一个花冢，把落花扫了，装在绢袋里，拿土葬了，任其随土自化，这样才洁净。

林黛玉生得倾城倾国容貌，人称"秉绝代姿容，具稀世俊美"，诗云"颦儿才貌世应稀"。我们看看林黛玉初进贾府与贾宝玉初次会面时，贾宝玉对林黛玉的第一印象。《红楼梦》第三回中载："宝玉早已看见了一个袅袅婷婷的女儿，便料定是林姑妈之女，忙来见礼。归座后细看时，真是与众各别：两弯似蹙非蹙罥烟眉，一双似泣非泣含露目。态生两靥之愁，娇袭一身之病。泪光点点，娇喘微微。闲静时如姣花照水，行动处似弱柳扶风。心较比干多一窍，病如西子胜三分。"王熙凤感慨说："天下真有这样标致的人物，我今儿才算见了！况且这通身的气派，竟不像老祖宗的外孙女儿，竟是个嫡亲的孙女，怨不得老祖宗天天口头心头一时不忘。"

至于林黛玉的才情，更是群芳之冠。

元春回贾府省亲时，林黛玉偷偷替贾宝玉作了一首《杏帘在望》："杏帘招客饮，在望有山庄。菱荇鹅儿水，桑榆燕子梁。一畦春韭绿，十里稻花香。盛世无饥馁，何须耕织忙。"元春评价，这首比贾宝玉自作的前三首都好。

大观园成立海棠诗社，当日就在探春秋爽斋作海棠诗，众人都推林黛玉那首为上。李纨力排众议，评林黛玉诗"风流别致"，评薛宝钗诗"含蓄浑厚"。不久，海棠诗社众人齐聚藕香榭，大家以"咏菊"为主题作诗，这一次林黛玉作的三首诗《咏菊》《问菊》《菊梦》包揽前三，拔得头筹，潇湘妃子被封了神。以《咏菊》为例："无赖诗魔昏晓侵，绕篱欹石自沉音。毫端蕴秀临霜写，口齿噙香对月吟。满纸自怜题素怨，片言谁解诉秋心。一从陶令平章后，千古高风说到今。"黛玉的这首诗立意新颖，风格别具，人与菊合一，情景美和意境美完美结合，那一句"口齿噙香对月吟"也是黛玉的素来风格。

林黛玉不仅会作诗，她对于诗学也有独到的见解。在《红楼梦》第四十八回中，林黛玉教香菱如何作诗

时，表达了自己对如何写诗的看法。

黛玉道："什么难事，也值得去学！不过是起承转合，当中承转是两副对子，平声对仄声，虚的对实的，实的对虚的，若是果有了奇句，连平仄虚实不对都使得的。"

香菱笑道："怪道我常弄一本旧诗偷空儿看一两首，又有对的极工的，又有不对的，又听说'一三五不论，二四六分明'。看古人的诗上亦有顺的，亦有二四六上错了的，所以天天疑惑。如今听你一说，原来这些格调规矩竟是末事，只要词句新奇为上。"

黛玉道："正是这个道理。词句究竟还是末事，第一立意要紧。若意趣真了，连词句不用修饰，自是好的，这叫作'不以词害意'。"

《红楼梦》第四十回写了一个有趣的细节，宝玉要拔去大观园的破荷叶，宝钗说何必呢，让园子闲一闲吧，哪有工夫去收拾它。黛玉则道："我最不喜欢李义山（李商隐）的诗，只喜他这一句'留得残荷听雨声'，偏你们又不留着残荷了。"

我们就从林黛玉喜欢的"留得残荷听雨声"说起。

众所周知，这句诗出自李商隐的《宿骆氏亭怀崔雍崔衮》："竹坞无尘水槛清，相思迢递隔重城。秋阴不散霜飞晚，留得枯荷听雨声。"这是一首很有情韵的抒情诗：那是一个深秋的夜晚，诗人暂宿在一个骆姓人家，在他家修竹环绕的亭子里，亭外是清澄的湖水，因连日天气阴霾，似有下雨的迹象，霜色不觉也晚了。就在这样寂寥的氛围里，诗人忽然想起了长安的两个朋友崔雍、崔衮，又仿佛听见点点滴滴的秋雨洒落在了枯荷上，发出沙沙的声音。字里行间，表达出诗人远离尘嚣之感以及对友人的思念之情。尤其是压轴点睛的那句"留得枯荷听雨声"，不仅形象地描述了秋亭夜雨的景色，诗人别样的相思之情亦跃然纸上。

这样的情景相融，与林黛玉当时寄居在贾府时的心境何其相似，由此产生共鸣，故这首诗也深得她的喜欢，尤其是"留得枯荷听雨声"折射出的唯美意象，清新自然中别有一番情韵，更让林黛玉大赞不已。当她听见宝玉、宝钗对园里荷叶处置的争论后，感同身受，于是就随口念上这句诗，只将"枯荷"念成了"残荷"而已。可见，林黛玉其实很懂李商隐。

不过，林黛玉也确实不主张初学诗的人学习仿写李商隐的晦涩难懂的"无题"诗，否则会把诗写得不伦不类。所以，林黛玉教香菱学诗时，压根儿不提及李商隐，

主张香菱可从盛唐诗人王维的诗入手，再拜读杜甫、李白的诗，才有底子。在林黛玉看来，初学诗的人，首先是由浅入深，取法上虽然可以用巧，但思想要正，不宜云山雾罩，弄得玄而又玄。

在程本《红楼梦》即高氏续写的第八十七回中，还列举了林黛玉的辞赋和音乐造诣——《琴曲四章》。妙玉与宝玉走近潇湘馆，听得叮咚之声，原来是黛玉在抚琴，便在馆外的石上坐下，倾听黛玉边弹边唱。小说中载，此曲是她收到宝钗的信和诗后，"也赋四章，翻入琴谱，以当和作"——

其一：风萧萧兮秋气深，美人千里兮独沉吟。望故乡兮何处，倚栏杆兮涕沾襟。

其二：山迢迢兮水长，照轩窗兮明月光。耿耿不寐兮银河渺茫，罗衫怯怯兮风露凉。

其三：子之遭兮不自由，予之遇兮多烦忧。之子与我兮心焉相投，思古人兮俾无尤。

其四：人生斯世兮如轻尘，天上人间兮感夙因。感夙因兮不可惙，素心如何天上月！

此四章诗明显是模仿楚辞风格。有专家认为，曹公写的前八十回中，黛玉之作多写环境的严酷无情，如春花遭风雨摧残之类，与人物的思想性格扣得比较紧。这里所写的秋思闺怨，如家乡路遥、罗衫怯寒等，多不出古人诗词的旧套，在风格上也与宝钗所作雷同。这些都反映了原作和续作在思想和艺术修养上的差别。当然，从塑造林黛玉这样一位绝代才女的角度看，安排这么一个情节倒不显多余。

可惜的是，这样一个才貌兼备的女子，和《红楼梦》中其他女儿的命运一样，都以悲剧收场，令人扼腕。因为作者将林黛玉与薛宝钗安排为金陵十二钗并列之首，判词也是钗黛合一，所以有关钗黛的命运及结局我们留待在下一节中一并解读。

贾敏是老祖宗贾母最喜爱的小女儿，贾敏病逝后，林黛玉被父亲林如海送到贾府生活，贾母爱屋及乌，对林黛玉比其他姐妹不同，更显珍重和宠溺，入府不到两年，便将亲孙女三春移居别处，唯独留下了林黛玉和贾宝玉在身边，饮食寝居已凌驾于三春姐妹之上。而对于林黛玉和贾宝玉的相恋，贾母一开始也是默许的。林黛玉与贾宝玉青梅竹马，她和宝玉有着共同的理想和志趣，真心相爱，她爱得纯粹，因而爱得高贵。出身于江南官宦之家的千金小姐，又经诗词陶冶过，是情爱至上主义者，爱起人来就像李清照。她从不劝宝玉走封建的仕宦道路，不屑于仕途经济。有红学家甚至认为，黛玉是宝玉反抗封建礼教的同盟军，是自由恋爱的坚定追求者。她因懂得宝玉的精神内核，深得宝玉之心。

我们可以想象，如果贾府依旧高枕无忧，家业赓续，不需要为家族前程考虑而选择所谓金玉良缘的政治联姻，那么，林黛玉与贾宝玉这对有"灌溉之恩"的姑表兄妹，也许会成为幸福的一对。

问题在于，当王夫人决计选择出身"珍珠如土金如铁"的皇商薛家的薛宝钗，而贾母也无可奈何地默认采取"调包"之计时，就注定了林黛玉与贾宝玉的真挚爱情终会因悲剧性的家族命运而遭到扼杀。在封建礼教压迫下，病重的林黛玉受尽"风刀霜剑严相逼"之苦，最后于贾宝玉、薛宝钗大婚之夜，将最后一滴泪还尽而命丧黄泉。

最后，我们说说林黛玉是如何魂归故里的。

曹雪芹的祖辈曾有三代四人任江宁织造郎中，这个肥差使曹家由包衣走向富裕，到康熙朝走向兴盛的顶峰，曹雪芹的爷爷曹寅是曹家走向鼎盛的代表人物。江南的富庶与风雅，无疑在年少的曹雪芹心中留下了深刻印象，"最是红尘中一二等富贵风流之地"的苏州，更是让他念念不忘。

在《红楼梦》中，有不少人物来自苏州，如甄士隐、妙玉、香菱、邢岫烟等，甚至连一些配角，如唱戏的小女孩、船上的驾娘，曹雪芹都要点明是苏州人。如第十八回中载"贾蔷已从姑苏采买了十二个女孩子"，第四十回中载"那姑苏选来的几个驾娘早把两只棠木舫撑来"等等，其中着墨比较多的包括芳官、藕官、龄官等。

有人说林黛玉是扬州人，因为林黛玉的父亲林如海曾在扬州担任巡盐御史，而且大家熟悉的"林黛玉别父进京"，就是由贾雨村护送，从扬州一路乘船沿河而上，到京城贾府的。一些红学专家也持这种观点。还有一种观点认为，林黛玉的籍贯为苏州，认为把林黛玉的籍贯认定为扬州是一种误会，是不对的，理由是林黛玉的父亲林如海到扬州做官，举家因此随林如海从姑苏迁居扬州，并非林家祖籍在扬州。就如同白居易曾在杭州担任刺史，在这里居住过几年，而且现代一些杭州人还叫白居易为"老市长"，但我们不能因此就说白居易是杭州人。

我们来看看曹雪芹在《红楼梦》中是怎么说的。

《红楼梦》第二回原文载："这林如海姓林名海，表字如海，乃是前科的探花……本贯姑苏人氏，今钦点出为巡盐御史，到任方一月有余。"白纸黑字，明明白白写着，林如海"本贯姑苏人氏"嘛。

《红楼梦》第十四回载："正闹着，人回：'苏州去

17

的人昭儿来了。'凤姐急命唤进来。昭儿打千儿请安。凤姐便问：'回来做什么的？'昭儿道：'二爷打发回来的。林姑老爷是九月初三日巳时没的。二爷带了林姑娘同送林姑老爷灵到苏州，大约赶年底就回来。'"这说的是林如海在扬州病故，贾琏和林黛玉护送林如海的灵柩回他的家乡苏州安葬。

《红楼梦》第五十七回，紫鹃骗宝玉说黛玉要"回苏州家去"。宝玉不相信，他笑道："你又说白话。苏州虽是原籍，因没了姑父姑母，无人照看，才就了来的。明年回去找谁？可见是扯谎。"

这些都证明，林黛玉的家乡是苏州。仔细研究小说，我们不难想象林黛玉小时候在苏州时，曾有一个幸福的家，还有一个很小的弟弟，住在列侯宅子里。虽然也许豪华赶不上贾府，但大院里面也是雕梁画栋、亭台楼阁，作为书香门第，珠宝玉器、古董字画等也是应有尽有。

后来，林黛玉因为母亲贾敏、父亲林如海相继去世，家乡已无依无靠，她的外祖母贾母觉得孩子可怜，才把她接到贾府长住。

贾府大多数的女性都来自江南，金陵十二钗就不用说了，还有贾母等。小说后四十回也给出了一众女子的归宿，包括贾母、林黛玉、王熙凤、秦可卿、鸳鸯等最后都归葬南方。

林黛玉还泪而终后，灵柩由人从京城顺大运河运回她魂牵梦系的苏州，也算是了却她"质本洁来还洁去"的心愿。《红楼梦》第一百一十六回载，贾政对贾琏说："还有你林妹妹的（灵柩），那是老太太的遗言说跟着老太太一块儿回去的。"第一百二十回载："贾政扶贾母灵柩，贾蓉送了秦氏、凤姐、鸳鸯的棺木到了金陵，先安了葬。贾蓉自送黛玉的灵柩也去安葬。"黛玉的灵柩送去哪里了？润杨先生考，最后肯定是送回到苏州，更具体地说，是葬在林家在苏州香丘的祖茔。

为什么这么说呢？林黛玉在她的《葬花吟》里写过这么两句话："天尽头，何处有香丘？未若锦囊收艳骨，一抔净土掩风流。"林黛玉说的是落花，她在寻找一个香丘，希望能给落花做一个香冢。这"落花"又何尝不是林黛玉的自喻呢？她是希望死后能把她的艳骨送回故乡苏州去，把她掩埋在香丘她家的祖茔里。

那么，她的故乡苏州有香丘吗？有！润杨先生说，香丘就是苏州香山。宋代出版的《吴郡志》载："记为香山，胥口相直。吴王种香于此山，遣美人采香焉。傍有山溪，名采香径。"唐代陆广微撰写地方志《吴地记》亦云："吴王种香于此，遣美人采之，故名。其下有采香径，互见古迹。西南数里有黄茅山，临太湖，南址吴王爱姬祠在焉。"香山，种香，还有美人采香。林黛玉家是

书香门第、诗礼之家，他们家的祖茔在香山是令人信服的。（据润杨阆苑《红楼笔记》）

林黛玉生前流落贾府，死后落叶归根，魂归故里。她的灵柩被送回苏州，葬在香山祖茔里，与她的父亲、母亲、弟弟等一大家子人团聚了。天堂里没有病痛，没有悲伤，没有骨肉分离，不再有思乡之苦。

薛宝钗

吟成豆蔻才犹艳

睡足荼蘼梦也香

大观园中，有一处颇具风格的建筑物，叫"蘅芜苑"。大门顶端挂一匾额，书"蘅芷清芬"四字；大门两侧挂一副对联，上联为"吟成豆蔻才犹艳"，下联为"睡足荼蘼梦也香"。众姊妹和贾宝玉搬进大观园后，蘅芜苑成为薛宝钗的居所。

薛宝钗是谁？是《红楼梦》的女主角之一，与林黛玉并列为金陵十二钗之首，是贾宝玉的从母姊（姨姊），后成为贾宝玉的妻子。

薛宝钗出生在金陵城，薛家系贾、史、王、薛"四大家族"之一，"共八房分"，曹雪芹在"护官符"上用"丰年好大雪，珍珠如土金如铁"来形容薛家巨富。薛父其名不详，小说称其为"紫薇舍人薛公"，领内务府帑银，是户部挂名的皇商。薛宝钗的舅父即王夫人的亲哥哥王子腾，"为京营节度使，新近提升了九省统制"。宝钗的姨父贾政在京都任工部员外郎。

薛宝钗的父亲薛公和李纨的父亲李守中在教育子女

的观念上大相径庭。李守中曾为国子监祭酒，族中男女无有不读诗书者，但至李守中继承以来，便谓"女子无才便为德"，故生了李纨，便不十分令其读书，只不过将些《女四书》《列女传》读读，认得几个字，记得前朝这几个贤女便罢了，却以纺绩女红为要。因此这李纨虽青春丧偶，且居处于膏粱锦绣之中，竟如槁木死灰一般，一概不问不闻，唯知侍亲养子，外则陪侍小姑等针黹诵读而已。

薛父却不像李守中，他在世时，见儿子薛蟠"性情奢侈，言语傲慢"，终日斗鸡走马，游山玩水，于是对薛蟠深感失望，便将薛宝钗看成是振兴门庭的希望，悉心培养。《红楼梦》第四回中言道："当日有他父亲在日，酷爱此女，令其读书识字，较之乃兄竟高过十倍。"可见薛父在培养宝钗方面倾注了无数心血，也为宝钗日后成才夯实了基础。

《红楼梦》第四回载，薛父早亡，薛宝钗随母亲薛姨妈、兄长薛蟠一起进京。薛家为什么要离开金陵来帝都呢？

一是为了薛宝钗选秀之事。原文中说得很清楚："近因今上崇诗尚礼，征采才能，降不世出之隆恩，除聘选妃嫔外，在仕宦名家之女皆亲名达部，以备选为公主郡主入学陪侍，充为才人赞善之职。"薛宝钗家是皇商，而宝钗的年龄、才貌等又正好符合待选条件，因此不得不进京备选。二是探亲。贾史王薛四大家族老家都在金陵，但按照"护官符"上所说，除了在原籍的，也有近一半在京城。"丰年好大雪"的薛家共有八房分，薛姨妈之夫是其中一房，但去世之后，家中没有主事之人，因此薛姨妈一家三口名义上是去都中望亲，实际上也是寻求庇护。第三，入部销算旧账，再计新支。薛家一直在原籍金陵，都中虽有产业，但却无人照管，而薛蟠又不争气，那些下人便趁机坑蒙拐骗，薛家在京中的产业消耗过快。对薛姨妈来说，如果不赶紧入京想法子制止这种行为，薛家在京城的产业可能很快就要败光了。第四，"薛蟠素闻得都中乃第一繁华之地，正思一游"，家族的生意都快败光了，他想到的还是吃喝玩乐。从以上可知，薛家一家三口入京，各有各的考量。

说到宝钗入京待选，容笔者对清朝的选秀稍稍做一点交代。

据有关资料，清朝的秀女选拔分为两种：一种是八旗选秀。每三年选一次，目的是备选后宫各廷主位，或为皇子、皇孙指婚。八旗秀女经过帝后选看后，被撂牌子的可以得到赏赐，以后可以自由婚嫁。赏赐的多少与其父的品级有关，父亲品级越高，得到的赏赐也就越多。也有一些经过选拔后被记名留牌子的秀女，在复选之前，不得自由婚嫁，复选后落选的才可以自由婚嫁。另一种是内务府选秀。与八旗选秀不同，内务府选秀每年举行一次，主要是为后宫挑选宫女。选宫女的范围就是内务府三旗符合条件的女子，她们一旦被选中，就会入宫做宫女，被分派到太后、皇后或者嫔妃的身边做事。按照当时的制度，皇太后一般配备十二名宫女，皇后配备十名宫女，皇贵妃和贵妃各配备八名宫女，妃和嫔各配备六名宫女，贵人配备四名宫女，常在配备三名宫女，答应配备两名宫女。

清朝选秀制度非常严格，旗人和内务府包衣家的女孩都要接受这种秀女选拔。凡是应选的秀女，在没有参加选秀之前，是不能自由婚配的。即便是年龄超过了选秀制度规定的十七岁，也要奏明缘由，如实上报朝廷请旨。这些被选中的宫女，除了极个别得到皇帝宠爱晋升为妃嫔外，其他宫女在宫中服役到二十五岁，就会被放出宫去自由婚配。只是这个年龄的女孩在当时早已过了适婚的年龄，出宫之后，婚姻也多不如意。由于内务府选秀是为皇宫选宫女，而不是选嫔妃，所以这些秀女落选之后，程序比八旗秀女落选后要简单一些。按照内务府选秀制度的规定，包衣世家的女子落选之后，可以自由婚配，不用再参加复选。

我们知道，贾元春入宫是带着使家族飞黄腾达的使

26

命去的。她入宫后做了女史，后来得到皇帝的宠幸，晋封为贤德妃，后又晋封为贵妃。但不是每个女孩都能有贾元春那样的幸运，能飞上枝头变凤凰。即便像贾元春那样，她在后宫中的日子也非常煎熬，她认为"那里是不得见人的地方"，这也是贾元春回家省亲时六次落泪的原因。

前面已经提到，薛家在京城是有房宅的，但贾母、王夫人执意挽留，于是薛宝钗便与母亲、兄长客居在荣国府，与众多姊妹生活在一起。元妃回贾府省亲后，曾授意贾宝玉与众姊妹搬到大观园，薛宝钗住进了蘅芜苑。

现在我们回到前面谈到的匾额与对联——

先看匾额"蘅芷清芬"，此为贾宝玉所题。蘅，香草名。芷本亦香草名，但结合前后文来看，应是指香味似芷的蘼芜。清芬，谓清香芬芳。典出王夫之湘西草堂的楹联："芷香沅水三闾国，芜绿湘西一草堂。"后元春赐名"蘅芜苑"，典出晋·王嘉《拾遗记·五·前汉·上》："帝息于延凉室，卧梦李夫人授帝蘅芜之香。帝惊起，而香气犹著衣枕，历月不歇。帝弥思求，终不复见，涕泣洽席，遂改延凉室为遗芳梦室。"指汉武帝怀念已故的李夫人的事迹。

有人解读，蘅芜苑院中异香扑鼻，奇草仙藤穿石绕檐，或累垂可爱，或四处蔓延，冷峻苍翠，努力向上，

27

仿佛象征着宝钗"好风凭借力，送我上青云"的理想；而"蘅芷清芬"则恰似宝钗恪守人情礼教，处处体现香草君子般的自我修为。雪洞似的卧室，寒气袭人，表明了宝钗的冷情寡欲；一色玩器全无，配上青色的帐幔，则反映她内心的淡漠，有意的自我约束。从宝钗虽香却冷的个性，我们仿佛可以看出，曹雪芹是在有意塑造一个矜持自恃、不同流俗、悲喜不形于色的贤德理性的淑女形象。

薛宝钗容貌丰美，举止娴雅，博学多才，通达了悟，其母薛姨妈和贾宝玉的母亲王夫人是亲姐妹的关系，但她不骄不躁，恪守礼教与妇道，压抑着内心的欲望，迎合每一个人的喜好。她的性格思想与封建礼教完美融合，表现出了传统礼仪道德规范下的大家闺秀最应该具有的品格，无一错处，人人喜欢。尤其是宝钗得知黛玉读过《西厢记》等书，更是心有戚戚地劝说黛玉"最怕见了些杂书，移了性情，就不可救了"。

可惜的是，贾宝玉对此并不买账，宝钗的思想与他的志趣追求格格不入，所以他曾一言点破宝钗之弊病："好好的一个清净洁白的女儿，也学的钓名沽誉。"曹雪芹塑造了这样一个端端正正、毫无瑕疵的典范，却借宝玉之口，倾诉了对这样一位标杆式女性的不满。

我们再看贾宝玉所作的对联："吟成豆蔻才犹艳，

睡足荼蘼梦也香。"

上联"吟成豆蔻才犹艳":"豆蔻"既是指十三四岁的妙龄女子,指人,又是指杜牧"娉娉袅袅十三余,豆蔻梢头二月初"之句,指诗,赞薛宝钗的诗才,是多层意思编织到一起的。整句意思即是说,人似诗一样美好,诗像人一样才情满满。

下联"睡足荼蘼梦也香":荼蘼,植物名,晚春至夏才开花。传说荼蘼开后无花,故宋·王琪《春暮游小园》有句"开到荼蘼花事了"。有两层意思的跳跃,花似人之香睡,人似花般梦酣。这是影射宝钗,述其性情。整句的意思就是,在花事完了之时还能睡得踏实,梦自然也是香甜的,足见宝钗镇定、淡然的大家风范。从蘅芜苑的气氛,到其匾联,皆是如此淡然。

除了匾额和对联,在元春回大观园省亲时,贾宝玉还应元春的要求作诗《蘅芷清芬》云:"蘅芜满净苑,萝薜助芬芳。软衬三春草,柔拖一缕香。轻烟迷曲径,冷翠滴回廊。谁谓池塘曲,谢家幽梦长。"这首五言诗对仗工整,用词考究,既写景,又写人,活灵活现,意味深长。末二句典出谢灵运《登池上楼》的"池塘生春草,园柳变鸣禽",人谓灵运此二句得于梦中,因此清新自然,又蕴蓬勃生机,历来得诗论家交口赞赏。

谈到蘅芜苑,有人这么联想:薛宝钗、柳如是都号

"芜君",柳如是为"秦淮八艳"之一,号"蘼芜君",早年曾与陈子龙同居,他们把同居的松江南园的南楼称作"红楼";而薛宝钗因为居住在蘅芜苑而号"蘅芜君"。蘼芜和蘅芜都属多年生草本植物,又都香气袭人,《红楼梦》里写蘅芜苑时说,苑内有许多的奇花异草,"那香的是杜若蘅芜……还有什么丹椒、蘼芜"。薛宝钗的"蘅芜君",跟柳如是的"蘼芜君"十分相似。另一个关联是,《百家姓考略》中记载,柳姓属"河东郡",所以柳如是又自称"河东君"。而《百家姓考略》中亦载,薛姓也属于河东郡,因此,薛宝钗也可以自称为"河东君"。再一点是,柳如是后来被人纳为姜,居住在"绛云楼"中。而《红楼梦》中,贾宝玉曾将自己所住的"怡红院"题为"绛云轩"。后来,薛宝钗又成为"宝二奶奶",这里自然也就成了她的居所。一个"绛云楼",一个"绛云轩",何其巧合!

事实上,薛家入京后,宝黛钗的故事才真正拉开帷幕。

小说中说,薛家母女住进贾府后,"每日或饭后或晚间,薛姨妈便过来,或与贾母闲谈,或与王夫人相叙。宝钗日与黛玉、迎春姊妹等一处,或看书下棋,或做针黹,倒也十分相安"。

"十分相安"倒也未必。林黛玉进荣府以后,曾得贾母万般怜爱，寝食起居，一如贾宝玉。二人亲密友爱，日则同行同坐，夜则同息同止，真是言和意顺。不想忽然来了一个薛宝钗，比林黛玉大得下人之心，因此林黛玉心中便有些悒郁不忿之意。啥叫"悒郁不忿之意"，就是有点吃醋了。那么，黛玉为什么会吃醋？

身为名家世宦之女的宝钗，自小读书识字，亦"杂学旁收"，她对文学、艺术、历史、医学以至诸子百家、佛学经典，都有广泛的涉猎。《红楼梦》第八回，作者借贾宝玉的眼睛，描绘了薛宝钗的衣着、外貌与性格。宝玉掀帘一迈步进去，先就看见薛宝钗坐在炕上做针线，"头上挽著漆黑油光的纂儿，蜜合色棉袄，玫瑰紫二色金银鼠比肩褂，葱黄绫棉裙，一色半新不旧，看去不觉奢华。唇不点而红，眉不画而翠，脸若银盆，眼如水杏。罕言寡语，人谓藏愚；安分随时，自云守拙"。

薛宝钗家境不错，但她的衣着却不夸张，"玫瑰紫二色金银鼠比肩褂，葱黄绫棉裙"表明衣服的档次不低，但她绝不炫耀，"一色半新不旧，看去不觉奢华"表明了她的内敛、低调的做派。按理说，薛宝钗应该是生活阔绰悠闲、没有任何烦恼的贵族小姐，然而，她却不喜欢铺张浪费，不讲究富贵闲妆，也从不在衣服上熏香，出身富贵，却并不沉迷于富贵。接下来的"罕言寡语，人谓藏愚；安分随时，自云守拙"，更是显示出小女

子藏而不露、内蕴丘壑的性格，使她散发出不一样的人格魅力。

再来看看她的长相，据曹公描绘，宝钗"唇不点而红，眉不画而翠，脸若银盆，眼如水杏"。"脸若银盆"，"银"指肤白，宝钗生得肌肤胜雪，莹润无骨；"银盆"不是使用的那个盆，而是指满月，杨万里《东园望》中有"杂碎轻云白锦鳞，十分圆月湿银盆。锦鳞散尽银盆在，依旧青天无点痕"，"脸若银盆"并不一定指圆圆的脸形，更多是指脸色皎皎如满月，洁白无瑕。小说载贾宝玉长得"面若中秋之月，色如春晓之花"，这两个人还真有那么点"夫妻之相"呢。

《红楼梦》第二十八回还有这么一段描写：

此刻忽见宝玉笑问道："宝姐姐，我瞧瞧你的红麝串子？"可巧宝钗左腕上笼着一串，见宝玉问她，少不得褪了下来。宝钗生的肌肤丰泽，容易褪不下来。宝玉在旁边，看着雪白一段酥臂，……另具一种妩媚风流，不觉就呆了。

宝钗给人的印象一直都是成熟稳重，很会为人处事的，小说里说她"年岁虽大不多，然品格端方，容貌丰美，人多谓黛玉所不及"。她同情弱者，出钱出物为史湘云设东摆螃蟹宴，解决了湘云势单却要请客的困难；她照顾命运坎坷的香菱，使香菱免受欺负；她暗中帮助家境贫寒的岫烟，一针一线地为她着想。而且宝钗"行为豁达，随分从时，不比黛玉孤高自许，目无下尘，故比黛玉大得下人之心"。

从这段对宝钗品行的评价里，我们可以看出，宝钗是个知书达理、端庄优雅、懂事守礼的闺阁女子。尤其在守礼上，宝钗可以说是闺阁女子的典范。她劝宝玉读书，少在姊妹堆里混；她对湘云、黛玉、香菱等人说，作诗不过是偶然玩乐，针黹女红才是本分……这些都看得出她对于礼教的遵循。

薛宝钗的才华学识更是数一数二的。她幼年时受过良好的文化熏陶，从小博览群书，知识远比一般的男儿渊博得多。

有关宝钗的才情，《红楼梦》第三十八回有这样一段文字：

　　大家又评了一回，复又要了热蟹来，就在大圆桌子上吃了一回。宝玉笑道："今日持螯赏桂，亦不可无诗。"……宝钗接着笑道："我也勉强了一首，未必好，写出来取笑儿罢。"

说着也写了出来。大家看时，写道是："桂霭桐阴坐举觞，长安涎口盼重阳。眼前道路无经纬，皮里春秋空黑黄。酒未敌腥还用菊，性防积冷定须姜。于今落釜成何益，月浦空余禾黍香。"众人看毕，都说这是食螃蟹绝唱，这些小题目，原要寓大意才算是大才，只是讽刺世人太毒了些。

还不仅于此。在惜春画大观园时，因复杂的地形布局，大家都束手无策的时候，宝钗能够一针见血地指出问题的关键，这都是源于她的博学。除此以外，她还有良好的理家能力，由于父亲早逝，她早早地便开始帮母亲管理家务。当王熙凤因为流产不能管家的时候，她还受王夫人之托将大观园管理得妥妥当当。曹雪芹以长辈对宝钗的信任从侧面烘托出宝钗的精于庶务。而探春提出将大观园分包给老妈妈们负责，以解决贾府的财政问题时，宝钗是支持的，但是她也敏锐地觉察到这项措施在实施过程中会遇到的障碍与阻力，并提出解决方案，可谓是计算得很精细，考虑得很周详，是一个思虑周全的姑娘。

连猜忌她的林黛玉她都用心教导，使黛玉都不禁感叹，说出了心里话："你素日待人，固然是极好的，然我最是个多心的人，只当你心里藏奸。从前日你说看杂书不好，又劝我那些好话，竟大感激你。往日竟是我错了，实在误到如今。细细算来，我母亲去世的早，又无姊妹兄弟，我长了今年十五岁，竟没一个人像你前日的话教导我。怨不得云丫头说你好，我往日见她赞你，我还不受用，昨儿我亲自经过，才知道了。"

林黛玉和贾宝玉是姑表兄妹，有"灌溉"之恩；薛宝钗和贾宝玉是姨表姊弟，有"金玉"之缘。据小说载，薛宝钗在家养病，贾宝玉送贾母回家后转去薛宝钗闺房探望，两人探讨了彼此身上所佩戴的物件。宝钗挂有一把錾有"不离不弃，芳龄永继"的金锁，与贾宝玉随身所佩之玉上所刻之"莫失莫忘，仙寿恒昌"恰好是一对。薛宝钗身边的丫鬟莺儿笑道宝二爷宝玉上的字和姑娘的正好是一对。尽管薛宝钗不露声色，但这金玉姻缘肯定是林黛玉心中一直没有解开的心结。

最后，我们来看看小说对林黛玉、薛宝钗这两位被列为正册双首，也是《红楼梦》全书中最重要的女性角色的命运和结局安排（在金陵十二钗正册判词中，作者将林黛玉、薛宝钗两人的判词放在一首当中，"钗黛合一"，所以我们在此也尝试一并叙述）——

画：两株枯木，木上悬着一围玉带；又有一堆雪，雪下一股金簪。

解读：这幅画描绘的是《红楼梦》中两位主要角色林黛玉和薛宝钗的命运，交代了二人的归处。

"两株枯木，木上悬着一围玉带"：双"木"为"林"，"玉带"自然是谐音"黛玉"。林黛玉和宝玉是木石前盟，有灌溉之恩，她投奔贾府还了一生的眼泪，泪尽而亡为枯木。林黛玉虽病弱，却有理想，有自我，她向往自由，崇尚真情，但一介小女子，又怎么能改造得了那个腐朽不堪的社会呢？

"又有一堆雪，雪下一股金簪"："雪"和"薛"同音，"金簪"也有"宝钗"之意，这一句自然是暗点了薛宝钗的结局。空旷寂寥的大地，覆盖着一层白茫茫的冬雪，一堆残雪下埋着一股金簪。薛宝钗的一生被束缚于封建道德之内，她是闺阁女子的典范，还如愿地嫁给了贾宝玉。但是贾宝玉只爱林黛玉，即使两人结合，也是同床异梦。曹雪芹作《红楼梦》用了诸多文学艺术手法，谐音法是其中的亮点之一。有人解，"蘅芜苑"谐音正是"恨无缘"，暗示宝钗最终依旧独守空闺。

判词：可叹停机德，堪怜咏絮才。玉带林中挂，金簪雪里埋。

可叹停机德："停机德"出自《后汉书·列女传·乐羊子妻》。故事说：乐羊子远游寻师求学，因为想家，只过了一年就回家了。他妻子就拿刀割断了织布机上的绢，以此来比学业中断，规劝他不要半途而废。这句话的意思是，宝钗像乐羊子的妻子一样，常常提醒宝玉要努力上进，认真读书，考取功名，令人感叹。曹雪芹对薛宝钗的品行给予了高度评价。

堪怜咏絮才："咏絮才"典出《世说新语》，说的是晋代谢道韫的故事。有一次，天下大雪，谢道韫的叔父谢安对雪吟句："白雪纷纷何所似？"谢道韫的哥哥谢朗答道："撒盐空中差可拟。"谢道韫接着说："未若柳絮因风起。"谢安一听大为赞赏。曹雪芹这是用具有"咏絮才"的晋代才女谢道韫来赞美黛玉的才情。

玉带林中挂：前三字"玉带林"倒读即林黛玉。有人从"两株枯木"，枯木上悬着"玉带"，揣测林黛玉是上吊而死的。不管她是怎么死的，这样一个灵慧、纯洁、美好的生命陨落，是无法不令人扼腕落泪的。

金簪雪里埋："金簪雪"即薛宝钗。宝钗的境界是"香可冷得，天下一切无不可冷者"。"金簪雪里埋"的冷，实际上贯穿了宝钗的一生。金钏儿投井，王夫人心有戚戚，宝钗劝慰道："姨娘是慈善人，……（金钏儿）不过是个糊涂人，也不为可惜。"宝钗诗书满腹，但却拥护"女子无才便是德"的迂腐教条，还教导湘云说作诗"算不得什么"，"还是纺绩针黹你我的本事。一时闲了，倒是于你我深有益的书看几章是正经"。她可以成

为封建士大夫的贤妻，却无法成为宝玉的知己。

《红楼梦》前八十回暗示之后黛玉离世，宝钗与宝玉结成"金玉良缘"，但贾宝玉沉浸在对林妹妹的哀悼中，"纵然是举案齐眉，到底意难平"，又无法忍受"转眼乞丐人皆谤"的生活，没多久便看破红尘出家为僧，宝钗终于还是寂寞清冷地独守空闺，"金簪雪里埋"，大抵如是。

在小说《红楼梦》里，曹雪芹借宝钗诠释了一个封建女性依照规矩而活的模样，也向读者展示了这样一个女子的最终命运；同时，他也塑造了林黛玉的"离经叛道"，一个与宝钗迥然不同的形象，似乎为女子提供了另一种生存方式。但可惜的是，这两个女子最终都难逃悲剧的命运。此非二人之过，而是腐朽的社会制度对女性摧残和压迫所致。

贾元春

天地启宏慈，赤子苍头同感戴

古今垂旷典，九州万国被恩荣

"天地启宏慈，赤子苍头同感戴；古今垂旷典，九州万国被恩荣"，是大观园正殿的对联，匾额云"顾恩思义"，皆为元妃回贾府省亲时所题。

　　元妃就是贾元春，是《红楼梦》中的核心人物，金陵十二钗之一，贾政与王夫人所生的嫡长女，贾珠的亲妹妹，贾宝玉的亲姐姐，贾家四春之首，也是第一个由贾母亲自教养长大的孩子。贾元春因生于正月初一而起名"元春"，她比贾珠小一两岁，比宝玉大十一二岁，贾府上下通称"娘娘"。

　　元春十几岁时被选入宫，起初充任女史。二十三四岁时因"贤孝才德"被封为凤藻宫尚书，加封贤德妃。二十四五岁时，元春经皇帝恩准，于正月十五上元之日回贾府省亲。元春是家族的荣耀，她的封妃使贾府一跃成为皇亲国戚，富贵兴盛到了极点。

　　正因为如此，为了迎接元春的上元归宁，贾府为她专门兴建了一座园子，元春赐名"大观园"。

　　这大观园规模宏大，景致绝佳，主要的建筑包括省亲别墅、怡红院、潇湘馆、蘅芜苑、稻香村、秋爽斋、暖香坞、蓼风轩、缀锦楼、紫菱洲、栊翠庵、滴翠亭、藕香榭、凸碧山庄、凹晶溪馆、红香圃、芦雪广、蜂腰桥、柳叶渚、嘉荫堂等。其中，省亲别墅又由省亲牌坊、正殿顾恩思义殿、大观楼三大部分组成。

　　省亲牌坊：省亲别墅的标志性建筑，由汉白玉雕砌而成，高八米，宽十一米，巍巍耸立在沁芳池北岸，含波抱水，洁白如玉，"龙蟠螭护，玲珑凿就"，高大挺拔，浑厚凝重。其正面是赤金的文字，正上方书"省亲别墅"，由元妃省亲时题写，两侧分别为"玉津""芳岸"；背面正上方书"国恩家庆"，两侧分别是"云影""波光"。"国恩家庆"应是典出清朝纪晓岚应乾隆要求所写"国恩家庆，人寿年丰"。牌坊是我国古建筑中一种门式纪念性建筑物，省亲牌坊既显示出省亲别墅的华贵庄严，更暗示出大观园仿佛是人间幻境。聪明的刘姥姥进大观园时，见到这个牌坊就磕头，她指着牌坊上的四个字说，这不是"玉皇宝殿"吗？众人笑得合不拢嘴，拼命拍手打掌。

　　顾恩思义殿：在省亲牌坊正后方，是省亲别墅的中心部分，是元春省亲时的主要活动场所，由正殿和东西两侧的配殿组成。正殿由贾元春赐名"顾恩思义殿"，东西配殿是贾元春接受朝觐与驻跸（皇帝后妃出行途中暂停小住）的行宫。顾恩思义殿后面是大观楼、缀锦阁和含芳阁。这里"崇阁巍峨，层楼高起"，"青松拂檐，玉栏绕砌，金辉兽面，彩焕螭头"。这组殿宇式建筑在大观园中，气势最宏伟，装饰最华丽，象征着贾家因其女而获显赫的地位。

对于大观园，在皇宫中见过大世面的元春都赞其是"衔山抱水建来精""天上人间诸景备"。

专家分析，大观园实际上是寄托了作者曹雪芹的人生理想和社会理想的清净女儿之境，是贾宝玉和金陵十二钗的女儿国，是太虚幻境的凡世化身，是天地间至情至性、至美至圣的所在，凝结了小说的女儿尊贵、青春叛逆、正邪两赋、诗意生活、理想新世界、青春儿女真情及情之悲剧等思想意旨。

《红楼梦》第十八回用了大量篇幅写"元妃省亲"贾府流金淌银之盛。其中写道，此时正值贾府鼎盛之时，元春又晋封贤德妃，回家省亲，实是贾府中的一大盛事。为了迎接元妃省亲，贾府一掷千金，布置荣国府，仅到苏州聘教习、"采买女孩子"、置办乐器行头以及"花烛彩灯并各色帘栊帐幔"的费用就达五万两银子。这一回比较详尽地记述了元妃回贾府省亲，以及她题写匾额、对联、"赐名"的过程。有道是："在上不骄，高而不危；制节谨度，满而不溢。"但贾府的"日用排场费用，不能将就省俭"的理念，让我们看到了贾府之所以衰落的一个重要的原因——

"八个太监抬着一顶金顶金黄绣凤版舆（一种木制的轻便座车），缓缓行来，贾母等连忙路旁跪下。早飞跑过几个太监来，扶起贾母、邢夫人、王夫人来。"元妃更衣之后，坐轿游览，只见"园中香烟缭绕，花彩缤纷，处处灯光相映，时时细乐声喧，说不尽这太平气象，富贵风流"。在轿内看此园内外如此豪华，元妃默默叹息奢华过费。然后元妃下轿坐船游览，又见"清流一带，势如游龙，两边石栏上，皆系水晶玻璃各色风灯，点的如银花雪浪，上面柳杏诸树虽无花叶，然皆用通草绸绫纸绢依势作成，粘于枝上的，每一株悬灯数盏。更兼池中荷荇凫鹭之属，亦皆系螺蚌羽毛之类作就的。诸灯上下争辉，真系玻璃世界，珠宝乾坤。船上亦系各种精致盆景诸灯，珠帘绣幕，桂楫兰桡，自不必说"。接着进入一石港，港上一面匾灯，明现着"蓼汀花溆"四字。元妃笑道："'花溆'二字便妥，何必'蓼汀'？"贾政听了，即忙移换。船靠岸后，元妃下了船，然后上轿前往行宫。一路上，"便见琳宫绰约，桂殿巍峨"。石牌坊上明显"天仙宝境"四字，元妃忙命换"省亲别墅"四字。为什么要改？皇帝被称为天子，如果凡间真有天仙宝境，那也应是皇宫，而不是你一个小小妃子家。前者有争荣夸耀的意味，后者写实而无趣，但不会出错，更不会僭越。妃子家是臣，不得不恪守本分。元妃喜欢这个园子，"极加奖赞"，但又劝"以后不可太奢，此皆过分之极"。奖赞是真实内心，也是荣归故里常有的心情。"劝"的那句，就是礼仪了，是说给身边宫人，教她转达皇帝的。在皇宫，皇帝是君，她是臣。回贾府，她成了代君，贾家是臣。所以她必须承受贾政的跪拜，代皇帝听他歌功颂德表达忠心。而她，也必须把叮嘱贾政"以国事为重"放在前面，"暇时保养"放在之后。

进入行宫，但见"庭燎烧空，香屑布地，火树琪花，金窗玉槛。说不尽帘卷虾须，毯铺鱼獭，鼎飘麝脑之香，屏列雉尾之扇。真是：金门玉户神仙府，桂殿兰宫妃子家"。元妃乃问："此殿何无匾额？"随侍太监跪启曰："此系正殿，外臣未敢擅拟。"元妃点头不语。

按照程序，随后元妃乘车前往贾母正室行礼，贾母等连连下跪。亲人相见，元妃满眼垂泪，她一手搀贾母，一手搀王夫人，三个人心里皆有满腹的话要说，但又不知从何说起，只管"呜咽对泣"。贾母等让元妃归座之后，元妃逐次见过东西两府的"掌家执事人丁"，接受两府掌家执事媳妇领丫鬟等行礼。之后，元妃见了薛姨妈、宝钗、黛玉，大家深叙些离别情景及家务私情。隔

45

帘见过父亲贾政之后，元妃等起身，由宝玉导引移步至大观园门前，早见灯光火树之中，诸般罗列非常。进园来先从"有凤来仪""红香绿玉""杏帘在望""蘅芷清芬"等处，登楼步阁，涉水缘山，百般眺览徘徊。一处处铺陈不一，一桩桩点缀新奇。元妃极加奖赞，又劝："以后不可太奢，此皆过分之极。"到了正殿，元妃谕免礼归座，大开筵宴，贾母等在下相陪，尤氏、李纨、凤姐等亲捧羹把盏。

接着，元妃乃命传笔砚伺候，亲掬湘管，为正殿题写了"顾恩思义"匾额，并为正殿题写了一副对联："天地启宏慈，赤子苍头同感戴；古今垂旷典，九州万国被恩荣。"

随后，元妃还做了不少工作："有凤来仪"赐名曰"潇湘馆"；"红香绿玉"改作"怡红快绿"，赐名曰"怡红院"；"蘅芷清芬"赐名曰"蘅芜苑"；"杏帘在望"赐名曰"浣葛山庄"；正楼曰"大观楼"，东面飞楼曰"缀锦阁"，西面斜楼曰"含芳阁"；更有"蓼风轩""藕香榭""紫菱洲""荇叶渚"等名；又有四字的匾额十数个，诸如"梨花春雨""桐剪秋风""荻芦夜雪"等名。又命旧有匾联俱不必摘去。

对于在原会芳园基础上建的大观园，元春是很满意的，而且评价很高，这从她为大观园所作的一首七绝看得出来。诗云："衔山抱水建来精，多少工夫筑始成。天上人间诸景备，芳园应锡大观名。"写完之后，元妃向诸姊妹笑道："我素乏捷才，且不长于吟咏，妹辈素所深知。今夜聊以塞责，不负斯景而已。异日少暇，必补撰《大观园记》并《省亲颂》等文，以记今日之事。"

附带说一句，请元妃题写匾额和对联，贾府早有安排。《红楼梦》第十七回中载，园内工程告竣之后，贾政就曾带一干人到园内各景看了一遍，觉得"偌大景致，若干亭榭，无字标题，也觉寥落无趣，任有花柳山水，也断不能生色"，于是让宝玉等且"按其景致，或两字、三字、四字，虚合其意，拟了出来，暂且做出灯匾联悬"。至于正式的匾额对联，决定还是待贵妃（元春）游幸时，再请定名。

话说元妃表态要补撰有关文章后，紧接着现场评点了宝玉的才情。她说："且喜宝玉竟知题咏，是我意外之想。此中'潇湘馆''蘅芜苑'二处，我所极爱，次之'怡红院''浣葛山庄'，此四大处，必得别有章句题咏方妙。前所题之联虽佳，如今再各赋五言律一首，使我当面试过，方不负我自幼教授之苦心。"她也给妹辈布置了选题，即"各题一匾一诗，随才之长短，亦暂吟成，不可因我微才所缚"。

对于元春的才情，小说中评说不多，但我们可以想

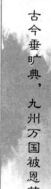

象，作为贾府这等钟鸣鼎食之家的嫡长女，元春是第一个由贾母亲自教养长大的孩子，必然会受到良好的教育。虽然脂砚斋在评价元春的才气时说"诗却平平，盖彼不长于此也，故只如此"，但也许是因为在礼教森严、内斗激烈的宫廷生存，元春不再保有大观园中女孩子那样的单纯与美好，在诗歌创作之中难以有清新之感。事实上，《红楼梦》在第十七至十八回中写道"那宝玉未入学堂之先，三四岁时，已得贾妃手引口传，教授了几本书、数千字在腹内了"，教弟有方，没有才华从何教起？在省亲时候，她看了众姐妹的诗作，认为"终是薛林二妹之作与众不同，非愚姊妹可同列者"，亦可见其眼光之超群。

《红楼梦》中对于这位元妃的相貌，既没有正面的描写，也没有借他人之口的侧面描写，这也许正是《红楼梦》全书推崇的"不写之写"。但我们可以想见，元妃是经过严格选拔进宫的秀女，在美人如云的后宫深得皇帝宠幸，而且她的妹妹探春"削肩细腰，长挑身材，鸭蛋脸面，俊眼修眉，顾盼神飞，文彩精华，见之忘俗"，胞弟宝玉则"面若中秋之月，色如春晓之花，鬓若刀裁，眉如墨画，面如桃瓣，目若秋波。虽怒时而若笑，即瞋视而有情""面如敷粉，唇若施脂，转盼多情，语言常笑。天然一段风骚，全在眉梢；平生万种情思，

48

悉堆眼角"。不说风华绝代，元妃也应该是一位风姿出众的大家闺秀吧。

　　都说长姐如母，姐姐对弟弟的爱护，有的时候真的是好得没话说。"当日这贾妃未入宫时，自幼亦系贾母教养，后来添了宝玉，贾妃乃长姊，宝玉为弱弟，贾妃之心上念母年将迈，始得此弟，是以怜爱宝玉，与诸弟待之不同。且同随祖母，刻未暂离。那宝玉未入学堂之先，三四岁时，已得贾妃手引口传，教授了几本书、数千字在腹内了。其名分虽系姊弟，其情状有如母子。自入宫后，时时带信出来与父母说：'千万好生扶养，不严不能成器，过严恐生不虞，且致父母之忧。'眷念切爱之心，刻未能忘。"元春进宫之前，亲自教导弟弟贾宝玉，可以说是宝玉的半个老师了。她对宝玉的感情很深，在没能出宫的日子里，只要有机会见着家人，都会问及宝玉的近况；在省亲时，特地下旨让宝玉这个无职无权的外男进入内闱相见，虽然不能说得多少心里话，总是元春的一番心意；在得知省亲别墅里到处都是宝玉给取的名时，仅象征性地改动了几处，其他都保留了下来；贾母进宫，元春也还是照例问询，并下令让宝玉住进大观园，快乐成长；年节赐礼物，都是重中之重，可见这个弟弟在她心里是十分重要的。

　　那么，元妃为顾恩思义殿正殿所拟的对联"天地启

贾元春
天地启宏慈，赤子苍头同感戴
古今垂旷典，九州万国被恩荣

宏慈，赤子苍头同感戴；古今垂旷典，九州万国被恩荣"到底是什么含义，其中包含这位皇妃胸中怎样的丘壑呢？

上联："天地启宏慈，赤子苍头同感戴。"启，开启、萌生、孕育。宏，广博、宏大。慈，慈爱。赤子，初生的婴儿。苍头，指年老的人。赤子苍头，泛指百姓。上联的意思就是：君王开启了广博宏大的爱，无论是婴儿还是长者，无不感恩戴德。

下联："古今垂旷典，九州万国被恩荣。"垂：流传。旷：《说文解字》中释为"明也"，段玉裁注曰"广大之明也"。旷典，指隆重广远、前所未有的恩典。下联的意思就是：皇帝降赐这古往今来前所未有的恩典，使九州万国都蒙受恩宠，感到荣耀。

不难理解，这一副对联是说皇帝的仁慈和关爱就像天地般博大，黎民百姓皆应该感激、敬爱和拥护他。这一匾一联挂在正殿的两侧，是为了歌颂皇恩浩荡。

由此我们也可以看出，贾府兴衰的主宰者便是当今的皇上。事实上，在元妃省亲过程中，虽然充分展现了贾府"烈火烹油，鲜花着锦"的盛煊场面，但从贾元春的一举一动可以看出，她是这个热闹非凡场景中唯一的冷静之人。从戌初出宫到丑正三刻离园回宫，她在这精心为她省亲建造的别墅里只活动了九个多小时。在这九个多小时内，除了能和亲人面对面以外（其实也只是和女眷，宝玉是唯一例外的男子，连和父亲见面都是隔着帘子的），不仅没有享受到那种一般姑娘回到娘家后轻松自在、尽享天伦的乐趣，而且时刻都在警惕着自己的言行。即便是在亲人身边，她依旧感到彻骨的寒冷。

而她的父亲贾政，在被元妃召见时，更是"含泪启道：臣，草莽寒门，鸠群鸦属之中，岂意得征凤鸾之瑞。今贵人上锡天恩，下昭祖德，此皆山川日月之精奇、祖宗之远德钟于一人，幸及政夫妇。且今上启天地生物之大德，垂古今未有之旷恩，虽肝脑涂地，臣子岂能得报于万一！惟朝乾夕惕，忠于厥职外，愿我君万寿千秋，乃天下苍生之同幸也。贵妃切勿以政夫妇残犁为念，懑愤金怀，更祈自加珍爱，惟业业兢兢，勤慎恭肃以侍上，庶不负上体贴眷爱如此之隆恩也"。这表面上是说给他身为贵妃的女儿听的，实际是说给女儿身边的宫人听的，更是托他们转达皇帝听的。

有人说，元春"她有着孝母爱弟之情，她有着忠君为国之心，她还有着崇尚俭朴之德，此外，她还有着怨而不怒的温柔敦厚之风"。其实，元春很清楚，到了皇宫，成为皇妃，她这个贾家大姑娘哪还敢如同过去那样去对待她的亲人呢！她唯一能做的，就是尽自己所能，为贾家撑起一面保护伞。元春那句"田舍之家，虽齑盐布帛，终能聚天伦之乐，今虽富贵已极，骨肉各方，然终无意趣"是漫长的宫中岁月里日日心中所念之词。

她的命运关乎贾府兴衰。秦可卿之死标志着贾府末世来临，元春晋封贵妃则令贾府重现生机，她也是四大家族最大的支柱，是贾府的政治靠山，也是"金玉良缘"政治婚姻的支持者。她在一次赏赐礼物给众人的时候，独宝玉与宝钗的相同，黛玉与迎春、探春、惜春相同，这就显示了她在宝玉择偶问题上的倾向。贾元春用自己最好的青春为贾府带来了转机，但是贾府的男人们并没有把握好这个机会，贾赦、贾珍、贾琏等人仗着元妃这个靠山，在外有恃无恐，加速了家族的衰落灭亡。

最后，我们来看看，金陵十二钗判词对贾元春的命运安排及其最终的结局——

画：一张弓，弓上挂着香橼。

解读："弓"谐音"宫"，隐喻凤藻宫；"橼"谐音"元"，隐喻元春。香橼意指元春晋封贵妃是一件非常喜事。"弓橼"谐音"宫苑"，指元春的宫闺生活；又谐音"宫怨"，元春的命运悲剧和心理情感含有宫怨文化因子。她的宫怨悲剧，主要体现于"到那不得见人的去处"，"骨肉分离，终无意趣"。小说第七十二回凤姐的梦隐喻元春卷入宫中之斗，她内心的悲哀和幽怨是别人所无法体会和理解的。

判词：二十年来辨是非，榴花开处照宫闱。三春争及初春景，虎兕相逢大梦归。（脂本里"虎兔""虎兕"都有，通行本写作"虎兔"。）

解读：二十年来辨是非："二十年"，或说指元春在宫廷生活的时间，或说指元春入宫时的年纪，或说虚指元春寿命。二十年可以当成整数，也可以认为是二十有余。"是非"泛指红尘俗世名利场、是非地，小说第二十五回偈语亦有"却因锻炼通灵后，便向人间觅是非"，这里说的是后宫生活，是是非非，恩恩怨怨，永无休止。

榴花开处照宫闱：榴花，即石榴花，又称楼子花，有学者认为石榴多子，榴花说明元春已经怀孕了。然而这仅仅是榴花，而不是榴子，说明她死的时候并没有生下孩子，这是她的悲剧之一。也有人认为，这句话的重点在于石榴花。此花开时鲜艳夺目，艳红似火，有着火一般的光辉，惹人注目，以此比喻元春封妃；但同时石榴花开得最晚（农历五月），元春封妃对盛世中的贾府也许是锦上添花，而对末世的贾府实际上是雪上加霜，原因在于，贾府最终已经没有充足的财力来支撑了。

三春争及初春景：一解，"三春"指迎春、探春和惜春三姐妹；"争及"，怎么比得上。这一句是暗示其他三个姐妹虽各有特色，但总体来说还是比不上元春。二解，惜春判词和曲子中也有"勘破三春景不长""将那

贾元春

天地启宏慈，赤子苍头同感戴　古今垂旷典，九州万国被恩荣

53

三春看破"等语，作家刘心武先生认为，"三春"是指元春封妃后贾府最春风得意的三年，小说中着墨最多的也是这三年，全文绝大多数章回也是写这三年。秦可卿预警"三春去后诸芳尽"，在谶语的角度实指贾府经过这三年就家道中落了。果应其言，贾元春死后不久，贾府就被抄检了。

虎兕相逢大梦归：虎和兕都是猛兽，虎可能指皇帝，兕可能指皇帝身边的太监。伴君如伴虎，皇帝喜怒无常，对你好时，你可飞黄腾达；疏远你时，你就一文不值。太监也是猛兽，你得势时，他是一条狗；你失宠时，他是一只狼。刘心武认为，虎兕相逢，寓意贾元春死于一场宫廷内斗，元春的妃子之路终究也是一场噩梦。

判词的意思为：元春在红尘俗世是非场中活了二十来岁，平生最显贵的一件喜事就是晋封贤德妃，蒙天恩元宵省亲。可惜她这样的荣华富贵只享受了三年，就在一场宫廷斗争之中，大梦归去，含恨而逝。

曲：喜荣华正好，恨无常又到。眼睁睁，把万事全抛。荡悠悠，把芳魂消耗。望家乡，路远山高。故向爹娘梦里相寻告：儿命已入黄泉，天伦呵，须要退步抽身早！

解读："喜荣华正好"：指元春才选凤藻宫，加封贤德妃，得征凤鸾之瑞这件荣华富贵的大事。

"恨无常又到"：无常，佛教用语。佛教认为人世间的一切事物都处在生成坏灭的过程中，迁流不停，绝无常住性，所以叫"无常"。旧时迷信说，人将死时，就有勾摄生魂的使者来，叫人死亡，这使者也叫"无常"或"无常鬼"。这里兼有这两种意思。

"望家乡，路远山高"：家乡，指金陵，即南京。为什么山高路远？有红学家认为，元春是因为失宠而被关在了看不见外头世界的地方，死时离着南京"路远山高"，其实就是死于讳莫如深的内宫。

"故向爹娘梦里相寻告"：元春毙命，并没人来告诉贾府，所以只能在梦里相告。

"儿命已入黄泉，天伦呵，须要退步抽身早"：黄泉，也叫九泉，指地下，即人死后埋葬的地穴。天伦，旧指父子、兄弟等天然的亲属关系。元春至死都牵挂着家族命运，预感到贾府必将遭殃，这令她感到十分憾恨，也暗示了元春走后贾府之败，她希望贾家尽早预见这场即将到来的灾难，可以从劫难中全身而退。这更加重了元春的悲剧感，也抨击了封建制度的不近人情。

那么整首曲就可以这么理解：贾元春被封为贤德贵妃，似乎是享受着荣华富贵，但她实在是强颜欢笑，她把宫廷看作是"终无意趣"的"不得见人的去处"，内心满怀着寂寞凄凉的痛苦。她不是留恋宫闱生活，而是

牵挂着她家族的命运。贾元春生活在皇宫多年，她深深了解最高统治阶层内部的争斗风云，她的荣辱沉浮关系着宁、荣二府的生死存亡，她的死就是贾府衰亡的前兆。所以她从自身命运的突变预感到了家族的末日，不惜"芳魂消耗"，也要向爹娘托梦：及早"退步抽身"，以避免覆巢之难。不难看出，尽管元春绞尽脑汁，费尽心机，直至死后，魂魄仍念念不忘，也挽救不了贾府的衰亡及整个封建大厦崩溃的必然结局。

贾府在四大家族中居于首位，因其财富最多，权势最大，而这又是因其有确保这种显贵地位的大靠山——贾元春，世代勋臣的贾府因为她成了皇亲国戚。所以，小说的前半部就围绕着元春"才选凤藻宫""加封贤德妃"和"省亲"等情节，竭力铺写贾府"烈火烹油、鲜花着锦之盛"。但是，"豪华虽足羡，离别却难堪。博得虚名在，谁人识苦甘"，曹雪芹在这首写贾元春归省的诗中，说的正是封贵妃为"虚名"，"苦甘"无人识得，揭露了宫闱是妇女的死牢，借此否定首句，表明豪华并不足羡。试看元春回家省亲在私室与亲人相聚的一幕，在荣华的背后便可见骨肉生离的惨状。元春说一句哭一句，把皇宫大内说成是"终无意趣"的"不得见人的去处"，是一个幽闭囚禁她的牢笼，从这里也让读者看出元春心中高出世俗的光辉。曹雪芹有力的笔触，揭露出了封建阶级所钦羡的荣华对贾元春这样的贵族女子来说也还是深渊，她不得不为此付出丧失自由的代价。

但是，这一切还只不过是后来情节发展的铺垫。省亲之后，元春回宫似乎是生离，其实是死别；她丧失的不只是自由，还有她的生命。因而，写元春显贵所带来的贾府盛况，也是为了预示她死之后庇荫着贾府的大树倾倒，为贾府事败、抄没后的凄惨景况做了反衬。

元春之死标志着四大家族在政治上的失势，敲响了贾家败亡的丧钟，而她自己也完全是封建统治阶级宫闱内部互相倾轧的牺牲品。这样，声称"毫不干涉时世"的曹雪芹，就大胆地揭开了政治帷幕的一角，让人们从一个封建家庭的盛衰遭遇，看到了它背后封建统治集团内部各派势力之间不择手段地争权夺利的肮脏勾当。贾探春所说的"恨不得你吃了我，我吃了你"的话的深长含意，也不妨从这方面去理解。

贾探春

烟霞闲骨格
泉石野生涯

　　对联"烟霞闲骨格，泉石野生涯"出自《红楼梦》大观园里的秋爽斋。元妃省亲期间曾题"桐剪秋风"匾额，推测可能是为秋爽斋所题，之后秋爽斋成为贾探春的住所。

　　据说，在《红楼梦》早期版本中，探春的居所是叫作"秋掩书斋"的。何为"斋"？书房也，充满浓郁的书卷气息。斋较堂，"惟气藏而收敛，盖藏修秘处之地，故式不宜敞显"。女孩子家家，居所成了书斋，可见这才学了得。

　　贾探春是什么人？熟读《红楼梦》的读者不会陌生，贾探春是金陵十二钗之一，荣国府贾政与奴婢出身的妾侍赵姨娘所生的女儿，是贾宝玉同父异母的妹妹，贾府三小姐，贾府通称"三姑娘"。宝玉及"三春"（迎春、探春和惜春）均在贾母身边抚养长大，所受教育极好，但探春因系姨娘所生，又因赵姨娘生了个儿子，所以得不到王夫人重用。于是她果断不认没有背景的亲娘及其亲戚，维护王夫人的利益，终于得到王夫人的认可。林黛玉进贾府后，探春搬到王夫人住处。元春省亲后，与贾宝玉和众钗一同搬进大观园。

探春首次出场，是在《红楼梦》中的第三回。作者是安排从黛玉的角度来看她的，并且是"三春"在一起："……第二个（探春）削肩细腰，长挑身材，鸭蛋脸面，俊眼修眉，顾盼神飞，文彩精华，见之忘俗。"这个"文彩精华，见之忘俗"，可见不是一般人。

对于探春居所秋爽斋的外景，《红楼梦》中并没有详细的描述，只提到院中种植芭蕉和梧桐，有月夜听雨的意境。在北京大观园，秋爽斋在东南隅。在秋爽斋院内的东面有晓翠堂，晓翠堂四面出廊，流角飞檐，临沁芳溪，很有气势，是贾母初宴大观园的地方。与其相对的秋爽斋后院的假山上，有一座八角亭，称"赏月亭"或"拜月台"，是园内制高点之一，每逢中秋，贾母就率众在这里拜天祭祖。

有关秋爽斋内景的具体描述，见于小说第四十回《史太君两宴大观园　金鸳鸯三宣牙牌令》。话说由宝钗筹办、湘云做东的螃蟹宴让贾母十分高兴，正逢刘姥姥二进贾府，贾母兴致颇高，一大早就带了一群人进了大观园，先到了黛玉居所潇湘馆，接着又来到探春居所秋爽斋。文中写道：

探春素喜阔朗，这三间屋子并不曾隔断。当地放着一张花梨大理石大案，案上磊着各种名人法帖，并数十方宝砚，各色笔筒，笔海内插的笔如树林一般。那一边设着斗大的一个汝窑花囊，插着满满的一囊水晶球儿的白菊。西墙上当中挂着一大幅米襄阳《烟雨图》，左右挂着一副对联，乃是颜鲁公墨迹，其词云：烟霞闲骨格，泉石野生涯。案上设着大鼎。左边紫檀架上放着一个大观窑的大盘，盘内盛着数十个娇黄玲珑大佛手。右边洋漆架上悬着一个白玉比目磬，旁边挂着小锤。……东边便设着卧榻，拔步床上悬着葱绿双绣花卉草虫的纱帐。

　　从这一段详细生动的描述，我们可以看出探春室内的几个特点：一是阔朗。探春虽为大家闺秀，闺房却没有奢华气派，相反，屋内布置陈设典雅，古朴中透着大方，显现出她开朗、豪爽的气魄。三间房子没有隔断，室内空间的开敞亮堂，也是探春疏朗性格的反映。二是室内大量的笔墨纸砚和字画，充满书卷气。我们知道，曹公在塑造贾门四艳时，是按照"琴棋书画"这四艺来设计的，这一点可以从她们的贴身丫鬟的名字中看出。

元春的丫鬟叫"抱琴",迎春的丫鬟叫"司棋",探春的丫鬟叫"待书",惜春的丫鬟叫"入画",正合"琴棋书画"这四个字。探春室内所挂之画与对联"烟霞闲骨格,泉石野生涯"则表现了探春似乎有隐士的情趣,体现了她与众姊妹不同的志趣,透露出她脱俗、大气、富有生命力的大家闺秀气质。

说到这西墙上当中挂着的那一大幅米襄阳的《烟雨图》,请允许笔者多嘴几句:曹雪芹在《红楼梦》一书中一共提到四幅名画,分别是唐伯虎《海棠春睡图》、米芾《烟雨图》、仇英《双艳图》以及仿李公麟《斗寒图》。这《烟雨图》应是其中唯一的一幅写意画,而且《烟雨图》其名道出了作品的特点——烟雨时节,云雾缭绕。

米芾是宋代著名书法家和画家,因是湖北襄阳人,故人称米襄阳。历史上,米芾与其子米友仁的绘画风格是不讲究精细描摹的,更追求意境之美——"不取工细,意似便已"、被称为"米氏云山",这也是中国写意画之核心。有人说,米芾的确曾画过多幅烟雨图,其中一幅叫《五洲烟雨图》的较为著名。

但事实上,有关专家曾找遍了米芾所有传世的作品,根本无法找到书中所提的《烟雨图》。所以有专家说,曹公所说《烟雨图》并无特定所指,目的是为了与下面的对联相呼应。也有人认为，米芾压根儿就没有画过什么《烟雨图》。

《烟雨图》两侧挂着一副对联："烟霞闲骨格，泉石野生涯。"作者说，对联系颜鲁公墨迹。颜鲁公是谁？唐代名臣、著名书法家颜真卿是也。颜真卿曾官至礼部尚书、太子太师，封鲁郡公，故人称"颜鲁公"。颜真卿书法精妙，擅长行、楷。他初学褚遂良，后师从张旭，得其笔法。其正楷端庄雄伟，行书气势遒劲，创"颜体"楷书，对后世影响很大。与赵孟頫、柳公权、欧阳询并称为"楷书四大家"。又与柳公权并称"颜柳"，被称为"颜筋柳骨"。除了书法，颜真卿还善诗文，宋人辑有《颜鲁公集》。

探春在花笺中曾感谢宝玉以"真卿墨迹见赐"，并有"窃同叨栖处于泉石之间"之语。由此可见，宝玉送给探春的颜真卿墨迹应就是这副对联了。

那么，如何理解探春居所秋爽斋匾额"桐剪秋风"与对联"烟霞闲骨格，泉石野生涯"的含意呢？

匾额"桐剪秋风"：前面已经提到，探春的居所原是称为"秋掩书斋"的，元妃省亲时才题为"桐剪秋风"。桐，是指秋爽斋院中栽有梧桐。谈到这"桐剪秋风"，有人将贾家"四春"与春夏秋冬四季一一对应：元春为春，迎春为夏，探春为秋，惜春为冬，四人占尽一年光景。元春住凤藻宫，点"春"字；迎春住紫菱洲，点"夏"字；探春住秋爽斋，点"秋"字；惜春住藕香榭、暖香坞，点"冬"字。梧桐是凤凰栖息之地，贾母在秋爽斋说过"后廊檐下的梧桐也好，就只细些"，象征了探春出身的不足。元春题匾"桐剪秋风"，不幸成谶。而元春、迎春、探春、惜春"四春"合在一起，则构成了"原应叹息"的寓意。

那么，对联"烟霞闲骨格，泉石野生涯"怎么解呢？

对联中的"烟霞""泉石"均典出《新唐书·田游岩传》：公元679年，唐高宗李治游嵩山，闻山中有隐士田游岩，亲自登门拜访，欲请他出来做官。田游岩答曰："臣所谓泉石膏肓、烟霞痼疾者。"意思是说，我是个嗜好幽居山林、与烟雾云霞为伴的人，这个毛病很难医治了。婉言谢绝了皇帝。"骨格"，指身躯，亦可引申为志趣、格调。

这样，上联"烟霞闲骨格"就可理解为：我愿在烟雾云霞之中让身躯悠闲散漫；下联"泉石野生涯"意为：我愿在泉水山石之间度过不受拘束的余生。

这副对联表现了古代文人墨客隐居山林、自由散漫、无拘无束的情趣。笔者理解，宝玉送给探春这副对联，一方面是表达自己的心迹，渴望过上闲云野鹤般自由的生活；另一方面也是规劝探春多寄情于山水，追求自由自在的生活，摆脱争强好胜的秉性，人生苦短，不必把身份、权势看得过重。

其实，据有关专家考证，与米芾的《烟雨图》一样，颜真卿并没有写过这样一副对联，当然更不可能有所谓"墨迹"。这同样是曹公根据故事情节需要经常采用的虚化写法，目的就是为了与探春的花笺相呼应。

探春的居所被称为"秋掩书斋"或"桐剪秋风"，"探春"在一年四季中为"秋"，喜欢的花也是菊花，尤其是白菊，君不见她房间里汝窑花囊插着的那"满满的一囊水晶球儿的白菊"吗？

有人说，《红楼梦》中，贾家"四春"出了两只凤凰：一是元春才选凤藻宫，加封贤德妃；二是探春远嫁为王妃。探春与元春具有可比性，都受过良好教育，深受贾母喜爱。其判词"才自精明志自高"，足证她天性好强、天资聪颖且容貌出众，论才论德不逊于元春，她唯一不足之处是出身不足，"没有托生在太太肚子里"，根基不正，所以一开始得不到太太重用。

由此，有人归纳出探春内心中的"三重痛苦"：其一，人伦的痛苦。在家时因为与母亲、弟弟不能尽享天伦之乐而痛苦；因母亲、弟弟常被调唆做蠢事，更至于伙同外人来欺负自己而痛苦；远嫁他乡，骨肉分离，饱受思乡、思家、思父母姊妹亲人的痛苦。其二，怀才不遇的痛苦。因生于末世，又系女儿身，且系庶出，加之母亲、弟弟到处"拉仇恨"，探春无法施展自己的抱负，为此倍感痛苦。其三，感怀家族悲剧的痛苦。探春揭露家族里自杀自灭时，"不觉流下泪来"，这一把眼泪里包含了无比高贵、无比深广的痛苦忧愤。也许正是因为如此，探春养成了争强好胜、敢说敢干、敢于担当的性格。

下面，我们来谈谈探春的治家能力与才情。

我们知道，探春对于自己庶出、"根基不正"的身份是耿耿于怀的，那么，她是怎么化解这种尴尬的呢？对于庶出的身份，以及赵姨娘和贾环的愚昧无知经常令她丢脸的事，她果断地按照自己的思维逻辑去摆脱这种处境。她不认没有背景的亲娘赵姨娘及其亲戚。为了维护王夫人的利益，也为了找几件事来为自己立威，她捧王夫人重用的奴婢袭人而打压赵姨娘，发放赵国基丧礼赏银铁面无私，结果得到王夫人认可。但你别因此误以为她真的六亲不认。在茉莉粉事件中，她先喝住芳官等人，自己带赵姨娘离开现场，好言劝慰，事后便命人查是谁调唆的。另，林黛玉去世，探春是最后守在她身边并料理后事的三位亲人之一，足见她是有情有义的人。凤姐病假期间，她曾奉王夫人之命代凤姐理家，并主持大观园改革。抄检大观园时，邢夫人的陪房王善保家的不知趣，作势招惹，探春大怒，"啪"地一巴掌扇过去，一声令下，丫头待书也上前护主。凤姐骂了王善保家的几句，直待服侍探春睡下，方带着人去了下一处。次日，宝钗搬出大观园，探春表示理解，并揭露家丑道"一个个像乌眼鸡似的，恨不得你吃了我，我吃了你"。为了在婢仆面前维护做主子的威严，"令丫鬟秉烛开门而待"，只许别人搜自己的箱柜，不许人动一下她丫头的东西，万分悲愤地发表"百足之虫论"。探春不光有能力，也有一颗敢于创新的心，精明、犀利、敢说敢干、力挽狂澜。对此，连凤姐都由衷称赞道："好，好，好！好个三姑娘！我说他不错！"叠用四个"好"字，真是英雄惜英雄。茯苓霜被盗案发，大家都想到了探春，生怕为这事连累了她，对她甚是爱护；王夫人心里当她和宝玉一样。不仅如此，贾府中人对待探春更有几分畏服、忌惮，例如抄检大观园，凤姐甘愿低声下气不断给她赔话赔笑。探春在贾府拥有此等威严，靠的是自己的品行、能力与才智。有人歧视、欺负探春，对此，凤姐骂他们是"没造化""轻狂人"。

探春关心家国大事，有经世致用之才。她精明能干，富有心机，能决断，有"玫瑰花"之诨名。有人把凤姐儿和探春这两个都有管理才华的能人放在一起做了比较：探春知书识字；凤姐儿却没念过书，连个账簿都不会记。

探春关注的是整个家族的命运；凤姐儿更多的是为了一己之私利。探春理家有道，有危机感，有忧患意识；凤姐儿全靠随机应变，讨好贾母。探春管理大观园时，情况比可卿丧事更加复杂，而她还要克服自己庶出身份的影响，她能够在众人面前立威，把方方面面的矛盾处理好，又能兴利除弊，把大观园管理得井井有条，充分展示了杰出的管理才能；而凤姐儿之所以能令行禁止，八面威风，主要原因是她有贾母和娘家做靠山，一旦靠山倒了，她的权威便马上土崩瓦解。这样比较下来，探春的管理才能，其实远高于凤姐儿。若是依着探春的治家才能，荣宁二府可能也不会那么快就"落了片白茫茫大地真干净"。可惜了，探春终是无法施展自己的抱负。

探春也是大观园中的一位大才女。有关她的才情，《红楼梦》第十七回《大观园试才题对额　荣国府归省庆元宵》做了介绍："迎、探、惜三人之中，要算探春又出于姊妹之上，然自忖亦难与薛、林争衡，只得勉强随众塞责而已。"

另一回则体现在小说第三十七回《秋爽斋偶结海棠社　蘅芜苑夜拟菊花题》中。探春下帖邀请宝玉等到秋爽斋，成立了大观园第一个诗社——海棠诗社，使大观园的众女子有施展才华的机会。参加诗社的人除探春、宝玉之外，还有宝钗、黛玉、李纨、迎春、惜春，共七人。探春当场做东开了第一社，这也是《红楼梦》中贾府处于兴盛之时最有名的一次结社。探春带头作了《咏白海棠》诗："斜阳寒草带重门，苔翠盈铺雨后盆。玉是精神难比洁，雪为肌骨易销魂。芳心一点娇无力，倩影三更月有痕。莫谓缟仙能羽化，多情伴我咏黄昏。"其中"玉是精神难比洁，雪为肌骨易销魂"两句颇为经典。对探春的这首七言律诗，专家给了很高的评价，认为作为首唱，出手不凡。

后日又开第二社，探春作了《簪菊》《残菊》，其"短鬓冷沾""葛巾香染"二句被宝钗评为"把簪菊形容的一个缝儿也没了"；而《残菊》中的"明岁秋风知再会，暂时分手莫相思"之句也颇见功力。

探春工诗善书，趣味高雅，尤以书法取胜。小说对她的书法作品留白未叙，只从侧面暗示——秋爽斋精心布置，由此成功烘托出她身为红楼第一书法家的大将风范。她的生日三月初三，也刚好是"天下第一行书"《兰亭序》的创作纪念日。

最后，我们看看小说里金陵十二钗正册判词有关探春命运及结局的设计与安排——

画：两个人放风筝，一片大海，一只大船，船中有一女子，掩面泣涕之状。

解读：暗示探春将远嫁，如断了线的风筝般一去不

返，出嫁时乘船而去。

判词：才自精明志自高，生于末世运偏消。清明涕送江边望，千里东风一梦遥。

解读："才自精明志自高"：指的是探春志向高远，精明能干，清醒聪敏，不被富贵蒙昏了头。才高志大，这是探春的过人之处，却也正是探春最大的悲剧。探春本有能力维护贾府不在短期内崩溃，但仅凭探春一己之力，又是女儿身，只能是心有余而力不足。此外，贾府之中，探春是少数几个清醒的人，正如鲁迅先生提出的著名的"铁屋子理论"，醒着的人该怎么做，是一个很难回答的问题。

"生于末世运偏消"：探春要是生于盛世，以其才能，必然有一番事业。可是她生不逢时，贾家这个封建大家庭已到了衰亡的末世，她的才能无从施展，志向无法实现。中国有一句俗话"富不过三代"，很能说明问题。贾府从宁国公贾演和荣国公贾源兄弟算起，至贾代化、贾代善（也就是贾母的丈夫），再到贾敬、贾赦、贾政一代，已是第三代，已经开始走下坡路了，后面更是一代不如一代。

"清明涕送江边望，千里东风一梦遥"：清明时分，她将挥别父母家人，远嫁他乡，坐在船上，望着滔滔江水只能掩面而泣，往后只能在睡梦中与家人团聚了。

贾家"四春"元迎探惜代表了贾府整个家族由盛到衰的命运，而探春是转折性的人物。秋去冬来，百花凋零。探春在时对迎春和惜春多有回护，而探春去后再无依靠，惜春出家皈依佛门也就不难理解了。探春去后，大观园众芳很快相继凋谢，死的死、散的散、去的去、嫁的嫁，真正是"各自须寻各自门"了。

探春难以挽回贾府颓势，最终不得不带着一颗破碎的心，远嫁他方。《分骨肉》云："一帆风雨路三千，把骨肉家园齐来抛闪。恐哭损残年，告爹娘，休把儿悬念。自古穷通皆有定，离合岂无缘？从今分两地，各自保平安。奴去也，莫牵连。"

史湘云

红殿余春花烂漫
香连微醉梦沉酣

大观园红香圃门口挂一对联："红殿余春花烂漫，香连微醉梦沉酣。"这是红学家周汝昌先生所题。

红香圃，即《红楼梦》中所写的芍药圃，是大观园中一处景观，专为观赏芍药而建在芍药栏之中的三间小敞厅。红香圃位于大观园东部，门前四周植有芍药、牡丹花，花开之际，满目娇艳，国色天香。其东面是藤萝架，正是一片绿荫。

《红楼梦》中"湘云醉卧"的故事就发生在这里，故事的主人公是史湘云。

史湘云是谁？《红楼梦》中金陵十二钗之一，四大家族中史家的千金，贾母的内侄孙女，宝玉的表妹，贾府通称"史大姑娘"。史湘云出身于侯爵之家，史家当初有"阿房宫，三百里，住不下金陵一个史"之说，按理说家境还是相当不错的。《红楼梦》第三十八回载，探春牵头成立"海棠诗社"后，群芳作菊花诗，探春曾建议史湘云取个号，湘云笑道："我们家里如今虽有几处轩馆，我又不住着，借了来也没趣。"宝钗笑道："方才老太太说，你们家也有这个水亭叫'枕霞阁'，难道不是你的？如今虽没了，你到底是旧主人。"于是湘云就起了"枕霞旧友"这个雅号。

湘云虽为枕霞阁旧主，但她的父母在她还是襁褓中婴儿的时候就已经亡故，由叔婶养育长大。湘云并没有过上贵族小姐的生活，而是"差不多的针线活儿都要由她自己做"，曾在与薛宝钗话家常时红了眼圈说"每日做活累得慌"。但湘云并没有因此怨天尤人，她按她的逻辑乐观地生活着。

有专家说，史湘云是作者按照《世说新语》魏晋风度标准塑造的一位具有中性美的女子形象：她生性豁达，风流倜傥，心直口快，不拘小节；同时，她模样俊俏，博览群书，诗思敏锐，才情出众；加之她俏皮淘气，天真活泼，说话"咬舌"，常把"二哥哥"叫作"爱哥哥"，哪里热闹往哪里凑。这样的性情使得湘云人见人爱，让小姐妹们每每当她不在的时候就想念她。她给整个大观园注入了一股新鲜血液。

《红楼梦》第四十九回《琉璃世界白雪红梅 脂粉香娃割腥啖膻》中载，在一个风雪满园、天地一色的冬日，史湘云和贾宝玉在贾母那里要了一块生鹿肉，便带着一群年轻人跑到"芦雪广"来野炊，说是要烤鹿肉吃。当林黛玉在一旁笑话他们"那里找这一群花子"时，史湘云爽声大笑，并大咬大嚼吃了肉，还美其名曰"是真名士自风流"。史湘云不光大块吃肉，也能大碗喝酒，兴起之处，还能和贾宝玉、薛宝琴一起"六六六、七个巧"地猜拳行令。

史湘云才情了得，却低调随和。她在海棠诗社以笔名"枕霞旧友"作了三首菊花诗，即《对菊》《供菊》和《菊影》。其中《对菊》写道："别圃移来贵比金，一丛浅淡一丛深。萧疏篱畔科头坐，清冷香中抱膝吟。数去更无君傲世，看来惟有我知音。秋光荏苒休辜负，相对原宜惜寸阴。"此诗的魅力，主要在于它呈现了诗人的浪漫气质。特别是领联中的"科头坐""抱膝吟"，活脱脱地勾画出诗人愿意像秋菊一样任凭秋风萧瑟、草木凋零，却能随遇而安的达观态度。可以说，大观园里，也只有史湘云才作得出这样的诗。

史湘云生性开朗乐观，从一出场就喜眉笑眼，让人如沐春风。其实，论身世，史湘云比林黛玉更凄惨，褓褓中就父母双亡，一直寄人篱下。但史湘云不同于林黛玉，她才思敏捷、品行高洁，但从不恃才自傲，而是随遇而安、洒脱自如地活着，即便是下人，她也能平等相处。看到贾宝玉不思进取，尽管知道贾宝玉根本不会听她的，但她还是直言相劝。生活有时确实枯燥、无聊，

而像史湘云这样的朋友，我们都需要。

史湘云心灵的纯净与眉目间的豁达是天然的、骨子里的。她爱穿男装，容貌俊俏，甚至带有几分妩媚，却与贾宝玉相处得如同一对好哥们儿，那爱吃醋的林黛玉也从来没对湘云嫉恼过。《红楼梦》中有一段描写史湘云清晨未醒时的媚态，在被子里露出一段雪白的膀子，贾宝玉看到了也不曾生出半分邪念，只是赶紧疼爱地帮她用被子把胳膊遮盖起来，生怕她冻着。

史湘云喜欢薛宝钗，要和她同住，恰好香菱想学诗，"她就没日没夜，高谈阔论起来"，两个人就这样一见如故地成了好闺蜜加诗友。薛宝钗说"一个就够吵的了，又来了一个更聒噪的"，湘云就开怀大笑，和宝钗理论，薛宝钗笑用一句"疯湘云之话多"，指出这个娇憨女子完全让人生气不起来。

《红楼梦》中史湘云只有为数不多的几次出场：拾到金麒麟，海棠诗后来居上，烤鹿肉割腥啖膻，芦雪广联诗夺魁，醉眠芍药裀，中秋夜联诗"寒塘渡鹤影"，配得才貌仙郎……每一次，她都能打开人们压抑的心境，让人心生愉悦。每一件事，史湘云都是满腔热情、尽心尽力去干的，干得热热闹闹、轰轰烈烈，效果也是有目共睹的。

相比其他姐妹，史湘云不亢不卑，豁达大度，她猜拳喝酒，大块吃肉，给人一种侠客风范，与大家闺秀相去甚远。但却正因为这样，大家都喜欢她，离不开她。也是因此，贾母对史湘云也是极为疼爱，经常邀她来贾府小住。

史湘云需要个笔名，当众人提及"枕霞阁"时，贾母借题发挥，忆起幼时在"枕霞阁"撞破鬓角，差点没了的事。王熙凤听懂了贾母的言外之意，急忙说老太太福大命大，寿星老头上本是个窝儿，只因福满才成了寿头。其实，贾母早就已经知道史湘云"一分钱难倒英雄汉"的尴尬，这是借枕霞阁旧事告诉众人湘云在她心中的地位，为她撑腰，又借自己往日遭难，如今贵为荣国府诰命夫人，暗示众人不要小看湘云呢。

回到对联。但解读之前，我们不妨先了解一下"湘云醉卧"是怎么回事儿。

"湘云醉卧"源自《红楼梦》第六十二回《憨湘云醉眠芍药裀　呆香菱情解石榴裙》。

正说着，只见一个小丫头笑嘻嘻的走来，说："姑娘们快瞧云姑娘去，吃醉了图凉快，在山子石后头一块青石板磴上睡着了。"众人听说，都笑道："快别吵嚷。"说着，都走来看时，果见湘云卧于山石僻处一个石磴子上，业

81

经香梦沉酣，四面芍药花飞了一身，满头脸衣襟上皆是红香散乱；手中的扇子在地下，也半被落花埋了，一群蜜蜂蝴蝶闹嚷嚷的围着；又用鲛帕包了一包芍药花瓣枕着。众人看了，又是爱，又是笑，忙上来推唤挽扶。湘云口内犹作睡语说酒令，唧唧嘟嘟说："泉香而酒冽，玉碗盛来琥珀光，直饮到梅梢月上，醉扶归，却为宜会亲友。"

看完书中这一段描述，我们的眼前就会出现一个浪漫、唯美的场景：史湘云躺在一块石头上，头下枕着的是香包，而周围的芍药随着风一阵阵吹来，香气随风飘荡，芍药花瓣也四处纷飞，落在史湘云身上、头上、衣服上。等到众人搀扶起醉卧在芍药中的史湘云时，她嘴里还说着酒令呢。

"湘云醉卧"的情节是湘云"英豪阔大宽宏量""霁月光风耀玉堂"性格的鲜明写照，有红学家认为这样的构思是从唐代诗人卢纶的诗句"醉眠芳树下，半被落花埋"中化出的。不管怎么说，这是大家公认的《红楼梦》里最美的场景之一，也是作者的精彩入神之笔。

那么，湘云又是怎么喝醉的呢？《红楼梦》中第六十二回这样记载：四月十九日，适逢宝玉、宝琴、岫烟及平儿四人生日，恰巧贾母、王夫人等要入朝随祭，凤姐儿也病了，两府和大观园中众人就为四人在红香圃开席庆生。"说着，来到沁芳亭边，只见袭人、香菱、待书、素云、晴雯、麝月、芳官、蕊官、藕官等十来个人都在那里看鱼作耍。见他们来了，都说：'芍药栏里预备下了，快去上席罢。'宝钗等遂携了他们同到了芍药栏中红香圃三间小敞厅内。"等到齐了之后，宝玉提议："雅坐无趣，须要行令才好。"众人赞成，但行什么令却意见不一。最后由香菱写了十来个，搓成阄儿放在瓶中。于是平儿、袭人等玩起了"拇战"，宝、黛等人则玩起了"高档的"的"射覆"游戏。

其间，活泼、顽皮的史湘云只要划拳，不想射覆，因乱令被宝钗灌了一杯。酒令行到香菱，她一时想不起来，湘云暗中教她。黛玉眼尖，又罚了湘云一杯。这样，湘云相继被罚了好几杯。因贾母、王夫人不在家，大家没了管束，便呼三喝四，喊七叫八，痛痛快快玩耍了一回，正所谓红香圃里"红飞翠舞，玉动珠摇"。到散席时大家才突然发现，湘云不见了！大家便分头去找。于是，便出现前面所述"湘云醉卧"的一幕。

"醉卧芍药裀"让大家认识了一个全新的史湘云：芍药花下，美丽仙子，卧躺青石板，蝴蝶相伴，侧卧而眠。她平静而美好，在鲜花的映衬下更显得娇艳动人，

嘴里还念着酒令，透着一股可爱的孩子气，让人不禁心生怜爱。"静如处子，动如脱兔"，大概是对史湘云的个性最好的诠释了。

懂一个人，才有可能在欣赏她的外表的同时，真正窥见她的灵魂。难怪有人看了这一回后情不自禁地吟唱："东风扬起漫天飞絮，摇醒满园芍药。酒香里，你浅吟低唱；流年里，写满世间沧桑；辗转的梦尘里，谁又能抚平你心底的忧伤？你别样的风骨，傲然挺立，青石上酣眠的倩影，为这清寂的园子，平添了多少生气。"需要说明的是，红香圃这一次是大观园众女儿的最后一次欢聚。

我们现在来解读"红殿余春花烂漫，香连微醉梦沉酣"。这副对联写的是"湘云醉卧"的故事。

上联"红殿余春花烂漫"，应典出唐代毛文锡《恋情深》中的诗句"玉殿春浓花烂漫"。摘录几句："玉殿春浓花烂漫，簇神仙伴。罗裙窣地缕黄金，奏清音。酒阑歌罢两沉沉，一笑动君心。永愿作鸳鸯伴，恋情深。"周汝昌先生将其中的"春浓"改为"余春"，将"玉殿春浓花烂漫"改为"红殿余春花烂漫"，更加符合"湘云醉卧"的实际情况。《红楼梦》中第六十二回载，湘云醉卧芍药园的事发生在旧历四月十九日，显然已过春季，故称"余春"。"红殿"即红香圃或芍药园，"花烂漫"指春夏之交,正是红香圃的芍药花、牡丹花开得娇艳的时候。

下联"香连微醉梦沉酣",应典出宋代程公许《涪州荔子园行和友人韵》中的句子"沉香醉梦春酣酣"。全诗较长,摘用几句:"绿云一楼天上去,食自不旨寝不安。长生昵语月皎皎,沉香醉梦春酣酣。"《红楼梦》第六十三回《寿怡红群芳开夜宴　死金丹独艳理亲丧》中载,大观园的公子小姐们玩抽象牙花名签的游戏,待到史湘云时,她揎拳掳袖,伸手掣了一根出来。大家看时,一面画着一枝海棠,题着"香梦沉酣"四字,那面诗道是:"只恐夜深花睡去。"

"香梦沉酣",指的便是史湘云日间醉眠石上的事,而"只恐夜深花睡去"则有深意。这句诗出自苏东坡写的《海棠》:"东风袅袅泛崇光,香雾空蒙月转廊。只恐夜深花睡去,故烧高烛照红妆。"苏轼在诗中以人喻花,他担心在这深夜时分,花儿会睡去,因此明烛高照,试图驱走海棠花的睡意。

苏诗中"只恐夜深花睡去"化用了唐明皇与杨贵妃的典故。《冷斋夜话》载:一日,唐明皇登沉香亭,召太真妃,于时卯醉未醒,命高力士使侍儿扶掖而至。妃子醉颜残妆,鬓乱钗横,不能再拜。明皇笑曰:"岂妃子醉,直海棠睡未足耳!"唐玄宗将海棠花比喻成杨贵妃。

宋代和尚惠洪给此诗做了注解，说此诗是形容太真妃（即杨贵妃）喝醉酒的娇懒的可爱模样。

由此不难理解，"沉香醉梦春酣酣"一句，说的正是唐明皇一早在沉香亭召见杨贵妃，而杨贵妃因为前一晚喝了酒，此时仍是醉意朦胧、娇柔无力的样子，让唐明皇更加着迷。"香连微醉梦沉酣"，周汝昌先生将程公许诗句中的字序做了调整，个别词做了改动，描绘的是史湘云醉后躺在石板上沉睡的憨态与可人的样子。

由此，笔者理解周汝昌先生所撰对联"红殿余春花烂漫，香连微醉梦沉酣"的意思就是：春夏之交，正是红香圃的芍药花、牡丹花开得娇艳的时候；小酒喝到微醉，躺在花香四溢的花丛中美美地酣睡一场，意态娇憨，惹人怜爱。

史湘云醉眠芍药裀、掣得海棠花签以及作出两首技压群芳的白海棠诗都是情理之中，因为这一切契合了她"乐中悲"的人生轨迹。在笔者看来，湘云从来没把自己当成什么娇娇公主，而是像海棠花一样苗壮，"香梦沉酣"，颇有随遇而安的名士风度。

可惜，在抄检大观园之后，湘云再也不能随遇而安，再也不能"英豪阔大宽宏量""霁月光风耀玉堂"了。她再也睡不好觉。让她睡不着的，不是她跟林妹妹谈心时透露的"择席之病"，而是命运伸来的黑手，虽然看不见、摸不着，但却已经真真切切地向她逼近。

在《红楼梦》中，史湘云这个豪爽浪漫的女孩子嫁给了一个王孙公子，一个才貌仙郎，书中隐约提到他的名字叫作卫若兰，二人在结婚后过得十分甜蜜和幸福。我们多么希望她有一个很好的归宿，希望他们两个人可以白头到老，幸福美满，这样她幼年时候父母双亡，没有人疼爱的遗憾都可以得到弥补了。但是没有想到，好景不长，没过多久，史湘云的如意郎君卫若兰去世了。

史湘云无疑是一个富有浪漫色彩、令人喜爱的豪放女性，但她毕竟是"薄命司"中的女儿，难以摆脱老天给她安排的命运。其实，在《红楼梦》里，不管开场多么繁华，女子最终都难以逃脱"千红一哭""万艳同悲"的结局。史湘云这样爽朗豁达的女子，也难免凄凉的结局，不是曹公心狠，而是她们都无法左右自己的命运。

金陵十二钗正册给史湘云的判词是："富贵又何为？襁褓之间父母违。展眼吊斜晖，湘江水逝楚云飞。"何解？

"富贵"一句，富是家财富饶，贵是位势显贵。史湘云从小失去了父母，由亲戚抚养，因而"金陵世勋史侯家"对她来说是没有什么用处的。"襁褓"句：襁褓，原意是包裹婴儿的被子和带子，此处指代年幼。违，离开、死去。这两句话的意思便是：幼时富贵有什么用，父母很早就死去了，由其叔父抚养（没过过什么好日子）。"展眼吊斜晖"一句：吊，对景伤感。斜晖，夕阳西下时的余晖。这句话的意思是：以悲伤的心情看夕阳，余晖将尽。"湘江水逝楚云飞"：湘江，娥皇、女英二妃哭舜的地方；"楚云"典出宋玉《高唐赋》中楚襄王梦见能行云作雨的巫山神女一事。逝：流去，消失。此句含着"湘云"两个字，说美景如流水一般很快就会一去不复返，暗示湘云嫁了一位才貌俱佳的郎君，但婚后好景不长，丈夫即亡故，她过着拮据的孤寡生活。简而言之，这个判词中暗示着夫妻缘短，夫君早逝，湘云守寡。

《红楼梦》十二支曲中，《乐中悲》就是写给史湘云的曲，唱的就是她的命运："襁褓中，父母叹双亡。纵居那绮罗丛，谁知娇养？幸生来，英豪阔大宽宏量，从未将儿女私情略萦心上。好一似，霁月光风耀玉堂，厮配得才貌仙郎，博得个地久天长，准折得幼年时坎坷形状。终久是云散高唐，水涸湘江。这是尘寰中消长数应当，何必枉悲伤！"

关于史湘云的判词与曲，暗示了一个荣华富贵家庭出身的大小姐，幼年时代坎坷不顺，及至长大后才智出众、气度不凡，却因丈夫早亡，家族进一步败落，命运比幼年时代更坎坷，更具悲剧性。

还有专家在贾宝玉和姐妹们所作的诗文中，读出了他们命运的各种暗示或巧合。比如，贾探春提议成立诗社，社名就叫海棠诗社，第一社主题是"咏白海棠"。史湘云所作的两首好像是为其量身定做的，最典型的要数第二首："蘅芷阶通萝薛门，也宜墙角也宜盆。花因喜洁难寻偶，人为悲秋易断魂。玉烛滴干风里泪，晶帘隔破月中痕。幽情欲向嫦娥诉，无奈虚廊月色昏。"

这首诗在无意中暗示了湘云自己将来的悲剧命运：像白色蜡烛在秋风中流干了眼泪，像水晶帘子隔断了自己在月亮里的影痕，她孤独，满怀幽怨之情却没有一个亲人可以倾诉，只好向月宫嫦娥诉说，然而空廊上黑沉沉，面前的月色昏昏……这第二首的凄婉哀切程度，绝不亚于宝、黛的爱情悲剧。

1987 版的电视剧《红楼梦》，贾宝玉在河边流浪，遇见沦为官妓的史湘云，史湘云远远地喊了一声："哥哥救我！"那一声，令人撕心裂肺。那个天真烂漫人人爱的云姑娘不见了，她成了躲在花船上陪人喝酒委曲求全的人，倘若不是她的"爱哥哥"还记得她，再没有人会认出她。可是她又哪里知道，此时的贾宝玉已是自身难保。"云散高唐，水涸湘江"，这就是史湘云注定的人生结局，是她自己无法左右的命运。

专家说，曹雪芹创作《红楼梦》的一种艺术高超之处就在于：当读者陶醉在大观园中宝玉和众多美貌多娇、

才情出众的女子的快乐生活中时，他们同时也在向着悲剧结局演进，而读者和他们本人都"不知不觉"，等到悲剧真的发生了，这时读者不由得感到震惊，发出无奈的唏嘘之声，产生强烈的同情之心、惋惜之情。这就是《红楼梦》带给我们的特有的艺术感染力，更是《红楼梦》这部悲剧带给我们的启示：没有谁可以挽救一个已经腐朽不堪、即将土崩瓦解的家族、社会或者时代于既倒。

妙玉

炉烟袅白悟梅心

龛焰荧青参月指

"爰焰荧青参月指，炉烟袅白悟梅心"，这是大观园中尼姑庵栊翠庵的柱联。栊翠庵是妙玉的修行处。

妙玉是谁？有人将她和黛玉一起并称为"红楼双玉"，金陵十二钗之一。她来自苏州，原是出身官宦家庭的小姐，因从小体弱多病，为她买了许多替身，都不见效果，遂自幼出家为尼，皈依佛门。由于其父母早亡，由极精演先天神数的师父带在身边养大，带发修行。

在外人看来，妙玉是一位才貌双全的冷美人。在她的人生经历中，佛教背景比家庭背景重要。她十分珍视与师父一起生活在蟠香寺的日子，大约十四岁时就精心收取寺里的梅花雪，以青花瓷瓮收着，埋在地下，珍藏多年总舍不得吃。

妙玉在十七岁那年随师父进京，住在西门外牟尼院，对外宣称是为观瞻"观音遗迹"及"贝叶真经"而来。这一年冬，她的师父圆寂。妙玉本欲扶灵回乡，因师父临寂遗言，说她衣食起居不宜回乡，让她在京静居，等待结果。第二年，贾府起造大观园，预备元春省亲。王夫人崇尚佛教，于是请妙玉来贾府生活。大观园建成后，元春让妙玉住进了栊翠庵。

栊翠庵最初是专门为元妃省亲时做法事而在大观园修造的寺庙。除了妙玉，后来惜春出家也住在此处。栊翠庵在《红楼梦》中只出现了寥寥几次。如《红楼梦》第十七回，"于是一路行来，或清堂茅舍，或堆石为垣，或编花为牖，或山下得幽尼佛寺，或林中藏女道丹房"。第十八回中则写道："忽见山环佛寺，忙另盥手进去焚香拜佛，并题一匾云'苦海慈航'。""山环佛寺"，寺在山里不言而喻。但以上两回均未提及寺名，直到第四十一回回目《栊翠庵茶品梅花雪　怡红院劫遇母蝗虫》第一次出现"栊翠庵"之名：贾母等人离开栊翠庵，"妙玉亦不甚留，送出山门"。从这几处文字不难看出，栊翠庵应是在大观园大道旁边的山里。

对于栊翠庵的位置，《红楼梦》中也无详细交代。但有意思的是，无论是上海的大观园还是北京的大观园，栊翠庵的位置几乎完全一致，安排十分微妙，是唯一一座与怡红院同处大湖之西的院落，两者距离也是不远不近，恰到好处。有人说，这暗示了宝玉与妙玉的关系——若有若无的暧昧，或许不无道理。

有关栊翠庵的布局，《红楼梦》中只是点到山门、东禅堂、耳房三处，"题一匾云'苦海慈航'"以及"长廊曲洞，或方厦圆亭"等。据此，很难准确地描摹出它的规模与风格。1984年，为拍摄电视剧《红楼梦》，经红学家、古建筑学家、园林学家和清史专家共同商讨，按照作者原著中的细节描述，采用中国古典建筑的技法和传统的造园艺术手法，在北京建造了一座大观园。此园中的栊翠庵应可视为《红楼梦》中的现实版本。

北京大观园中的栊翠庵临近大观园西门，在怡红院的北边。坐北朝南为正殿，气派、华丽。匾额书"妙音香界"，柱联曰"霓焰荧青参月指，炉烟袅白悟梅心"。这是佛堂，是妙玉拜佛的地方。殿内大佛宝相庄严，安详自若，金粉裹身，红绸批挂，面目慈和，一派普度众生的非凡气象。

栊翠庵有东禅房三间，房内摆有金色观音塑像，是妙玉打坐之处。沿着迂回的曲廊，便可来到正殿西侧的旁院，此处绿树掩映，有祈福钟一座，旁有耳房，也是烧香拜佛之地。

有人说，金陵十二钗中，秦可卿是谜一般的存在，然而，若论神秘度，妙玉比秦可卿还要胜出几分。寄居在大观园栊翠庵的妙玉，是一个带发修行的尼姑。和栊翠庵一样，妙玉出场的次数不多，但她的出场总像云笼雾罩一般，让人看不清、猜不透。

在小说里，妙玉第一次登场是第十八回，作者是通过贾府管家林之孝家的口头描述来介绍的：在京城西门外牟尼院修行的妙玉，今年才十八岁，如今父母俱已亡故，身边只有两个老嬷嬷、一个小丫头服侍。贾府新建的栊翠庵正需要这样的人才，急于聘请她，却被她一口回绝，说道："侯门公府，必以贵势压人，我再不去的。"妙玉的脾气不小，贾府却似乎求贤若渴。王夫人命令林之孝家的立马叫书启相公写请帖去请妙玉。第二天，就派专人用车轿把妙玉接进了大观园。

妙玉再次出场，是在贾母携刘姥姥逛大观园时。期间，妙玉邀黛玉和宝钗进禅房喝体己茶，宝玉尾随而至。这妙玉在为黛玉和宝钗端茶时，用的分别是点犀盉和𤪪瓟斝两件名贵珍品，而将自己素日用的绿玉斗给宝玉斟茶。在宝玉开玩笑"质疑"其厚此薄彼时，妙玉冷笑道："不是我说狂话，只怕你们家未必能找出这么一个俗器来。"

妙玉在前八十回中最后一次出场，是第七十六回中秋之夜，黛玉和湘云在凹晶溪馆联句，妙玉突然现身，几人于是讨论了一夜的诗文。

虽然出场次数极少，但是这位满腹才情、姿容绝世、性情特异的小尼姑，成功吸引了读者的注意力。

我们现在回到前述的栊翠庵正殿的匾额与柱联——

匾额"妙音香界"似不难解。妙音,多指佛经的道理,一指修行得道的文殊菩萨。文殊菩萨代表智慧,辩才第一,为众菩萨之首。香界,即佛寺。"妙音香界"即聆听佛法、烧香祈福的佛寺。

那么,柱联"龛焰荧青参月指,炉烟袅白悟梅心"是什么意思呢?

上联"龛焰荧青参月指":龛焰荧青,神龛前的香火若明若暗,发出微弱的青色亮光;参,参悟、领悟;月指,以月譬法,以指譬教。佛经中"手指指月,指非月",意为假指示月,故指非月。在禅宗中,多用来比喻文字与义理的关系,语言文字用来宣示佛法,但非佛法本身。参月指,意即要领悟佛经的真谛。所以,上联可以理解为:在若明若暗的香火前慢慢领悟佛经的真谛和旨意。

下联"炉烟袅白悟梅心":古人类似的诗句不少,如宋代陈去非的诗作《焚香》中有"炉烟袅孤碧,云缕霏数千。悠然凌空去,缥缈随风还";南朝梁简文帝的《晓思诗》"炉烟入斗帐,屏风隐镜台";宋代苏轼的《青牛岭高绝处有小寺人迹罕到》"暮归走马沙河塘,炉烟袅袅十里香"等。炉烟袅白,香炉中袅袅升起一道轻烟,霎时化作千丝万缕轻柔飘洒的白云。悟梅心,悟出如同梅花般冰清高洁的心境。这句疑似典出唐黄檗禅师

《上堂开示颂》："尘劳迥脱事非常，紧把绳头做一场。不经一番寒彻骨，怎得梅花扑鼻香。"这样，下联似可理解为：随着香炉中那袅袅升腾、轻柔飘洒的白烟，心灵得到洗涤，如同那冰天雪地里的梅花一样，傲然绽开，冰清玉洁。

说到栊翠庵的梅，还有更动人的故事。在大观园栊翠庵大门边，立着一块巨石，上面刻有这样一联："不求大士瓶中露，为乞嫦娥槛外梅。"该联是由宝玉口述、黛玉手书的。

《红楼梦》第五十回载：众人在大观园的芦雪广即景联诗之后，贾宝玉因写诗"落了第"，众人罚他去访妙玉乞红梅。就在等宝玉讨回梅花的时候，众人商议要作一组咏红梅花的诗，最后定为邢岫烟、李纹、薛宝琴各作一首，回来再让贾宝玉作一首《访妙玉乞红梅》。就在说着话儿的工夫，邢岫烟、李纹、薛宝琴三人都已吟成，且各自写了出来。宝玉回来后，湘云拿了一支铜火箸击手炉，模仿击鼓，催宝玉作诗，说若鼓绝不成又要罚的。接着，宝玉念，黛玉写，不一会儿工夫，宝玉就完成了这首《访妙玉乞红梅》："酒未开樽句未裁，寻春问腊到蓬莱。不求大士瓶中露，为乞嫦娥槛外梅。入世冷挑红雪去，离尘香割紫云来。槎枒谁惜诗肩瘦，衣上犹沾佛院苔。"这首诗，不仅叙述了宝玉踏雪乞红梅的过程，也表现出宝玉对妙玉的与众不同。我们不妨来解读解读这首诗——

这是一首七律。"酒未开樽句未裁"：酒宴没开席，诗词也没来得及遣词造句，就离座而去。宝玉在铺垫他被罚去栊翠庵乞求红梅之事。"寻春问腊到蓬莱"：无心诗酒而离开，源于心中向往梅花的美丽，心急到蓬莱仙境求取。寻春问腊：即乞红梅。以"春"点红，以"腊"点梅。蓬莱，代指仙境，不止有菩萨、天神，还有嫦娥、仙女，以此比喻出家人妙玉所居的栊翠庵。客雅，主也雅，不怪黛玉说"有些意思了"。"不求大士瓶中露"：来访的目的不为求得菩萨玉净瓶中的甘露。大士：指观世音菩萨，传说她的净瓶中盛有甘露，可救灾厄。"为乞嫦娥槛外梅"：为的是向嫦娥求取一枝门外盛开的红梅。嫦娥，比妙玉。槛外，门槛之外。菩萨是为尊敬栊翠庵里供奉的神佛，嫦娥才是妙玉。不过，妙玉虽然没有剃度，却已跳出三界外，不在五行中，贾宝玉借"槛外"赞美妙玉不同俗流的高尚品质，与妙玉自称"槛外人"巧合。这里曹雪芹故意做了一个伏笔，为日后宝玉生日时妙玉递送槛外人贺帖设伏。当时宝玉要去问黛玉，邂逅邢岫烟解惑。"入世冷挑红雪去，离尘香割紫云来"两句，将栊翠庵比喻为仙境，折了梅"回去"称"入世"，"来"到庵里乞梅称"离尘"。梅称

"冷香"，所以分"冷""香"于两句中。"挑红雪""割紫云"都喻折红梅。宋代毛滂《红梅》诗："深将绛雪点寒枝。"唐代李贺《杨生青花紫石砚歌》："踏天磨刀割紫云。"紫云，李贺的诗原喻紫色石。"入世冷挑红雪去"：离开蓬莱仙境就再入尘世，寒冷中扛着红梅离去。俗人出入仙境一趟，得偿所愿而归，只是从忘忧的仙境重回尘世，不免有些遗憾，"冷"字点出这一点。"离尘香割紫云来"：得了仙女们为他折取的红梅，心愿达成。"紫云"形容神仙品种的梅花，称赞折回来的梅花优质。"槎枒谁惜诗肩瘦"：槎枒，亦作"楂枒""查牙"，形容瘦骨嶙峋的样子，这里是说因冷耸肩，乞梅人踏雪冒寒往来。苏轼《是日宿水陆寺》诗云："遥想后身穷贾岛，夜寒应耸作诗肩。""槎枒"句的意思就是：天寒地冻令人瑟瑟发抖，谁可怜可怜我这好雅的读书人的辛苦呢。"衣上犹沾佛院苔"：佛院苔，指栊翠庵的青苔，诗文中多以苔写幽静。此句意指衣服上还沾着栊翠庵的青苔，有得还有赚，是以诗的语言说他在归途中尚念念不忘佛院之清幽。

贾宝玉不敢写身上沾着妙玉的香气，而是用了栊翠庵的青苔代指，读书人意会就好。贾宝玉说访妙玉乞红梅，"也不知费了我多少精神呢"，实际上也是在众人面前掩饰他和妙玉的某种默契。

这首诗之前，贾宝玉自谦"不会联句"，又怕"韵险"，作限题、限韵诗每每"落第"，最后恳求大家让他自己用韵，不要限韵。其实，宝玉并非真的才疏思钝，而是他的性格本来就不喜欢那些形式上的羁缚。而这一首《访妙玉乞红梅》，史湘云的鼓未绝，贾宝玉诗已成，行家们评论，作为命题作文，这首诗不见得好到哪里去，但确实意味深长，而且多有创新，如"割紫云"借李贺的诗句而不师其意，"沾佛院苔"的话也未见之于前人的作品，诗歌处处流露其性情。"入世""离尘"，令人联想到贾宝玉的来历与归宿。不求"瓶中露"，只乞"槛外梅"，足见贾宝玉与妙玉在心灵上的默契与灵魂上的相惜。

在宝玉的笔下，妙玉是月里的嫦娥、蓬莱的仙子，而最后，这一切的形象集中到一点："槛外红梅"。妙玉冷傲、孤僻、不合群，但又芳香美丽，正好是雪中的红梅，一枝高昂，傲然世外。宝玉去妙玉那里，是出世；离开妙玉回到大观园，是入世。而且，从仙境回到人间，也不是毫无痕迹，"衣上犹沾佛院苔"，说明宝玉受了妙玉精神的熏陶，两个人的关系也可见一斑。

北京大观园的栊翠庵，拾阶进入垂花山门，但见院内花木繁盛，绿树掩映。树林中有一块"白雪红梅"石牌，牌子不高，引人驻足。可以想见，隆冬时节，红梅绽开，灿如胭脂，映着白雪，格外精神。由此可见，宝玉"访妙玉乞红梅"并非无中生有。院内还有七叶树等佛家胜地的专有植物，可以想象，要是花草茂盛的季节，整个院落便有"深山何处钟"（唐·王维诗句）"禅房花木深"（唐·常建诗句）的佛家意境。

据《红楼梦》第十八回载，元妃省亲时，为栊翠庵题的匾是"苦海慈航"。慈航，佛教语，慈是给予安乐的意思，航则比喻将众生从生死的此岸摆渡到解脱的彼岸的渡船。苦海慈航：人生难免挫折与苦痛，佛家以慈悲为怀，普度众生脱离苦海，到达安乐的彼岸。

"苦海慈航"这几个字是贾元春省亲后在大观园中留下的最后一笔，在此之前她在家人面前埋怨自己的亲生父母当初送她到"那不得见人的去处"。她口中的"不得见人的去处"是什么地方？是皇宫。深宫，自古是无数女性的地狱和坟墓。皇帝三宫六院七十二妃，一个妃子长得再如花似玉，也不过是其中一个微不足道的好看的摆设而已。何况后宫争宠邀幸，一片霍霍磨刀之声，稍有不慎，便会陷入死境。许多良知未泯的少女，在入宫后，以泪洗面，悲苦万分，无不盼望早离苦海，去过正常人的生活。贾元春是贾政的长女，正当青春灿烂之期，被送入皇宫做女史，尔后晋封为凤藻宫尚书，加封贤德妃，成了皇帝的爱妃，不能说不尊荣。但当贾元春真正地进入深宫，过着那种寂寞无聊的生活，对一个青春女性，却实在是一种惨无人道的窒息。

有意思的是，北京大观园中，从正殿回望垂花门，门檐上刻的却是"倒驾慈航"匾额。有专家的解读是：譬喻自己已修行成功，渡过苦海了，还要回来救度苦难的人脱离苦海，菩萨的这种慈善行为，就叫作"倒驾慈航"。其实，不管是陷入深宫的元春，还是遁入空门的妙玉，不管是祈求"苦海慈航"，还是"倒驾慈航"，其中的凄苦，也许只有这两个正值妙龄的女性知道。

"文墨也极通，经文也不用学了，模样儿又极好""气质美如兰，才华馥比仙"，这是曹公在《红楼梦》中对妙玉样貌品性、才情学识的形容。"美如兰""馥比仙"，这评价够高的，用在妙玉身上，你会觉得恰如其分、恰到好处。

作家"温暖前行"在《〈红楼梦〉里隐藏最深的才女》一文中说，大观园卧虎藏龙，有一个姑娘默默无闻但更胜一筹。"她身在佛门却心系红尘，她孤高自傲，超脱于外物而存在。看到她，所有的人都成了俗人，所有的物都成了俗物。"我们知道，《红楼梦》里，钗、黛、湘可谓拔尖的三大才女，她们才貌双全，天资聪颖，尤其诗词文采，别人很难望其项背。但人外有人，天外有天，作家"温暖前行"认为，另有一人，其才情容貌不输钗、黛、湘三人，她便是"槛外人"妙玉。妙玉曾被黛玉、湘云赞为"诗仙"，其茶艺、棋艺、琴技、花技等在书中也有正面描写，可以说古人的八大雅事"琴、棋、书、画、诗、酒、花、茶"之中，妙玉精通琴、棋、诗、花、茶五项。书、画两项小说中未有明确的描述，但我们猜想，作为诗书官宦之家出身的小姐，妙玉应该也不会差。至于酒，佛门讲究清规戒律，出家人自然是不碰的。

妙玉是一位带发修行的女尼，她与尘世无缘，按理说，她只能在庵堂的漫漫长夜里，在无尽的孤独寂寞里，度过她的青春乃至一生。在《红楼梦》里，金陵十二钗都有各自的判词，通过这些判词便可知道她们各自的人物命运与最终走向。曹公为妙玉作的判词是："欲洁何曾洁，云空未必空。可怜金玉质，终陷淖泥中。"简而言之，栊翠庵本为佛门清净之地，但无论是元春题的"苦海慈航"，还是栊翠庵的柱联"毡焰荧青参月指，炉烟袅白悟梅心"，都只能是一种希望、一种祈祷，栊翠庵最终难逃世俗的压迫。到最后，妙玉无法做到"洁"，更无法实现"空"。

妙玉最喜爱的一句诗是"纵有千年铁门槛，终须一个土馒头"，这是南宋诗人范成大所作，意思是无论生前多么富有，死后的归宿都是一座坟头，寓意人生无常，终有一死。妙玉冰清玉洁，不染尘俗，如同一位遗世独立的仙女。她自称"槛外人"，意为自己已超脱凡世，超越生死，无欲无求，这可谓是人生境界已达极致了，但古往今来，能真正做到槛外人的却寥寥无几，这不过是妙玉的理想和追求罢了。

妙玉

焚焰荧青参月指

炉烟袅白悟梅心

贾迎春

画栋参差春似织

宝帘掩映梦如云

　　"画栋参差春似织，宝帘掩映梦如云"，是北京大观园紫菱洲上缀锦楼的对联，为著名红学家周汝昌先生所拟。

　　《红楼梦》载，元妃省亲后，贾迎春奉命住进大观园，即居住在缀锦楼。邢夫人的侄女邢岫烟前来投奔时，也住在这里。

　　对于缀锦楼，《红楼梦》中没有详细描述，倒是"缀锦阁"书中屡有提及，如第十八回中，元妃题匾，东面飞楼曰"缀锦阁"，西面斜楼曰"含芳阁"，更有"蓼风轩""藕香榭""紫菱洲""荇叶渚"等名。可见，"缀锦阁"与"紫菱洲"之名皆为元妃所题，书中明确说"东面飞楼曰'缀锦阁'"，即大观楼东侧的飞楼叫"缀锦阁"。《红楼梦》第四十回《史太君两宴大观园 金鸳鸯三宣牙牌令》中载，贾母在缀锦阁设宴吃酒，让戏班在藕香榭奏乐、演唱，乐声穿花度水而来，令人心旷神怡。这里说的也是"缀锦阁"。可见，这缀锦阁不是前面提到的缀锦楼。那么缀锦楼在哪里呢？

《红楼梦》载，紫菱洲在大观园的东部，西侧临水，东部靠山，北房正厅即缀锦楼。第二十三回提到"贾迎春住了缀锦楼"。第三十七回结诗社、起别号议论到二姑娘时，宝钗道："他（迎春）住的是紫菱洲，就叫他'菱洲'。"可见缀锦楼在紫菱洲中或在其附近，是二姑娘贾迎春的住处。

在北京大观园，进入紫菱洲庭院，但见树木葱郁，翠竹摇曳，蓼花苇叶，荇草香菱，藤萝异石依墙而立，依山而建的彩绘游廊蜿蜒迂回，与主楼相衔，极富变化又错落有致。

紫菱洲庭院内近水边处为西厢房，三间小房，是迎春的书房。匾额为"襟风裹露"，楹联为"云幄霞绡朝焕彩，御香宫镜夕萦辉"。旁边另开一门，向西连接一精美的水中亭，匾额为"饮碧涵红"，楹联为"齐纨摇月沉新李，燕黛描眉罢晚妆"。坐在廊上，可观水景，可观鱼跃；沿游廊随山势而上，一边直通缀锦楼上，可俯瞰院景，与藕香榭隔水而望。缀锦楼正房两层楼阁，飞檐彩绘，正中挂"缀锦楼"匾额，两侧楹联为"画栋参差春似织，宝帘掩映梦如云"。据说，紫菱洲庭院的匾额和对联均为著名红学家周汝昌先生所题。

贾迎春是谁？是金陵十二钗之一，贾府中的二小姐，人称"二姑娘"，贾宝玉的堂姐。因为版本不一，一直以来，关于贾迎春是妻生还是妾生都有争议。常见版本原文："二小姐乃赦老爹之妾所出，名迎春。"有版本则说是贾赦前妻所出。那么，迎春到底是像惜春一样是正出的小姐，还是像探春一样是姨娘所生的女儿呢？

其实，在《红楼梦》第七十三回，邢夫人和贾迎春的一段对话透露了迎春的真实身份："你是大老爷跟前人养的，这里探丫头也是二老爷跟前人养的，出身一样。如今你娘死了，从前看来你两个的娘，只有你娘比如今赵姨娘强十倍的，你该比探丫头强才是。怎么反不及他一半！谁知竟不然，这可不是异事。倒是我一生无儿无女的，一生干净，也不能惹人笑话议论为高。"这段话，明确无误地交代了迎春庶出的身份。回过头来再看迎春在贾府的存在感，就很好理解了。

贾迎春到底是怎么样的一个小姐呢？

《红楼梦》第三回《贾雨村夤缘复旧职　林黛玉抛父进京都》中，迎春与探春、惜春同时出场。作者借助林黛玉的眼睛描述了迎春的形象："肌肤微丰，合中身材，腮凝新荔，鼻腻鹅脂，温柔沉默，观之可亲。"这是标准的侯门世府千金、大家小姐的模样，可见她是一个美丽、温柔、良善的女子。但细查之，"温柔沉默，观之可亲"点出了她性格的一些短板，尤其是看了小说之

贾迎春

画栋参差春似织　宝帘掩映梦如云

后，我们更是看出了她性格的缺陷：在多数情况下，她极力地将自己"缩小"到一个角落之中，对周围的一切不闻不问，木然处之，企图让别人注意不到自己的存在。正因为老实无能，懦弱怕事，只知退让，用小厮兴儿的话说"二姑娘的诨名是'二木头'，戳一针也不知嗳哟一声"，才使她在众人眼里可有可无，无关轻重，因而备受欺凌。

在"累金凤事件"中，她的攒珠累丝金凤首饰被下人拿去赌钱，她不追究，平儿设法要替她追回，她却说："宁可没有了，又何必生气。"抄检大观园时，迎春的丫头司棋因与其表弟潘又安秘密往来，私订终身，被抄出"罪证"，被驱逐出大观园。尽管司棋百般央求，而迎春却少见地坚持自己的立场，显示了她为人悲观、随波逐流的心态。

她父亲贾赦欠了孙家五千两银子还不出，就把她嫁给所谓的"世交之孙"孙绍祖，实际上就是拿她抵债。孙绍祖是个骄奢淫逸、作践妇女的虐待狂，家里的人几乎都被他淫遍。像迎春那般怯懦软弱的女子，如何受得了孙绍祖的折磨？可怜这个金闺小姐，在他的拳打脚踢折磨虐待之下，只一年时间就一命呜呼了。

按照小说中的描述，贾府四春中，迎春应该是下棋高手。有关迎春下棋，《红楼梦》中有两次描写。第一次在第七回，周瑞家的送宫花，正遇到迎春和探春下棋。第二次是第七十九回，宝玉所作的《紫菱洲歌》诗云："不闻永昼敲棋声，燕泥点点污棋枰。"可见这紫菱洲常年是棋声不断的。迎春的丫鬟叫司棋，这些都暗示了迎春下棋的技能。当然，这也反映出迎春的闲暇时光多以下棋消磨。

除了下棋，迎春生活中似乎没有太多的乐趣，曹公在小说第三十八回中写了一句"迎春又独在花荫下拿着花针穿茉莉花"。弱小的迎春正是这样独坐角落，满足于卑微的生命里老天给予她的哪怕只是针尖上的快乐。

迎春随遇而安、知足而乐的处世态度，作者在小说第十八回里就做了铺垫。元妃省亲时，迎春不得不写了一首"颂圣诗"即《旷性怡情》。诗是这么写的："园成景备特精奇，奉命羞题额旷怡。谁信世间有此境，游来宁不畅神思？"诗作虽然平平，但平仄格律还是不错的。更重要的是，此诗表明了她非常单纯的生活理想，那就是希望能在安静中舒畅自己的神思，别无所求；她绝不犯人，只求人莫犯她，能够稍微待她好点，她就"心旷神怡"了。

对于迎春的才情，我们可以看到，在探春起诗社这一最重要的活动中，不会作诗的李纨尚且有"开门雪尚飘，入泥怜洁白"的诗句，但迎春竟一句诗也没有作。

贾迎春

画栋参差春似织　宝帘掩映梦如云

正因为迎春对诗词不甚精通，也不积极参与，最后只得了"誊录监场"的名头。另外，就是骨牌令里对错了韵。一般的读者基于小说中这样的事实而做出判断，以为迎春真的无才无能，但实际情况并非如此。我们就以骨牌令里的应对为例——

《红楼梦》第四十回《史太君两宴大观园　金鸳鸯三宣牙牌令》，说的是由鸳鸯当令官来行酒令。小说中说，鸳鸯的出句是"左边'四五'成花九"，迎春对的竟是"桃花带雨浓"。一般人认为，这句令"错了韵"，是迎春蠢笨无诗才的一种表现，其实是人们太小看迎春了。迎春的诗词水平再低，基础还是有的。在小说第三十七回出题限韵的时候，小丫头随口说出了"门"字韵，迎春立刻就知道这"门"字韵属于"十三元"，而在行令这里，迎春错得也太离谱了。真正的原因小说后面交代了："原是凤姐儿和鸳鸯都要听刘姥姥的笑话，故意都令说错，都罚了。"迎春的这个错是有意犯下的，是给后来若出错要受罚的刘姥姥立规矩的。由此就可知道她多么善解人意了：要抓她的错的凤姐别的才华都十分出众，但是不识字，在诗词上是块短板，迎春的错误给足了凤姐机会和面子。迎春被罚，"饮了一口"的时候是"笑着"的，表明对这个任务，她是十分乐意配合的。

迎春并非无才，只是她的才是内敛的。迎春可能不是大观园女儿中的佼佼者，但她与元、探、惜三春一起，共同构成了《红楼梦》的一条主线，是不可或缺的角色。

金陵十二钗，大多是这样可爱、善良的女孩，但又都是"薄命司"里的女孩，最终会被病魔、厄运所侵蚀、吞没。这是作者对那个腐败不堪的黑暗社会的控诉与鞭挞，或许也是作者写作《红楼梦》的初衷吧。

现在我们回到开头时所说的匾额与对联——

前面已经讲过，北京大观园紫菱洲庭院里的匾额、楹联均为红学家周汝昌先生的手笔。那么，如何理解周汝昌先生撰写的这些匾额与对联呢？

我们先来解读迎春书房的匾额和对联。

匾额为"襟风裹露"。襟，衣襟，也指襟怀、胸襟；襟风，襟怀坦荡，两袖清风，形容心地纯洁。有诗云："虽小天然别，难将众木同。侵僧半窗月，向客满襟风。""襟风裹露"，意即胸怀坦荡，没有心机。

楹联为"云幄霞绡朝焕彩，御香宫镜夕萦辉"。上联"云幄霞绡朝焕彩"应是受到贾宝玉《春夜即事》两句诗，即"霞绡云幄任铺陈，隔巷蟆更听未真"的启发。幄，绣帐、帐幔、帐幕；绡，轻薄透明的丝织物。"霞绡云幄"，绣帐像霞一样多彩，帘子像云一般轻盈。

115

上联的意思就是：清晨，微风从窗外吹进来，小姐闺房的帘幔像云霞一样飘舞起来，整个房间多姿多彩，焕发出魅力。

下联"御香宫镜夕萦辉"，贾宝玉作过《夏夜即事》一诗，其中有"窗明麝月开宫镜，室霭檀云品御香"两句，意思是说：以为明月映照着窗子，原来是打开了镜匣；以为云雾缭绕着房间，原来是点燃了香炉。与下联意境大同小异。周汝昌先生应是受了该诗的启发。御香，宫中所用之香，也泛指贵重香料。唐代岑参《寄左省杜拾遗》中有"晓随天仗入，暮惹御香归"的诗句。宫镜，宫廷中梳妆打扮所用的镜子。唐代诗人杜牧《阿房宫赋》中有："明星荧荧，开妆镜也；……烟斜雾横，焚椒兰也。"这样，下联的意思就是：夜晚，屋子里檀香缭绕，月色映着妆镜，整个屋子都染上了一层光辉。

迎春书房有一走廊通向不远处的水中亭台，雅称"水榭"。水榭是供人观赏风景或休息的中国传统式建筑，多从驳岸突出，以立柱架于水上，建筑多为单层，平面或方形或长方形，结构轻巧，四面开敞，以取得宽广的视野。临水的一面，常设座凳栏杆和弓形靠背，称为"美人靠"或"飞来椅"，供人凭栏而坐。缀锦楼外的水榭是完全建在水中的方亭，与曲廊相连，直通岸边，廊亭浑然一体，形成水中长廊。

缀锦楼的水榭题有匾额"饮碧涵红"，楹联为"齐纨摇月沉新李，燕黛描眉罢晚妆"。

匾额"饮碧涵红"：碧，指池塘里的清水；红，是水榭后的红色的缀锦楼。意思是，此亭建于碧水当中，好像探进碧水中去饮水。往深处看，可以望见绿树掩映、红墙红柱的缀锦楼。

楹联"齐纨摇月沉新李，燕黛描眉罢晚妆"，出自贾宝玉的《夏夜即事》诗："倦绣佳人幽梦长，金笼鹦鹉唤茶汤。窗明麝月开宫镜，室霭檀云品御香。琥珀杯倾荷露滑，玻璃槛纳柳风凉。水亭处处齐纨动，帘卷朱楼罢晚妆。"上联"齐纨摇月沉新李"：纨，指织工精细的丝织品。齐纨，本是春秋齐地出产的一种白细绢，后用以指代团扇。如近代词人王国维创作的词作《蝶恋花·莫斗婵娟弓样月》中有"手把齐纨相决绝"之句，意思是手里拿着团扇，我和他已经恩绝情断了。摇月，坐在水滨摇扇，把水中倒映的那一轮明月都吹散了。元·黄庚《临平泊舟》中有："万顷波光摇月碎，一天风露藕花香。"唐代诗人方干诗云："野渡波摇月，空城雨罨钟。"沉李，把李子放在冷水里浸泡一下（吃起来更凉爽）。三国时曹魏著名文学家曹丕在《与朝歌令吴质书》中云："浮甘瓜于清泉，沉朱李于寒水。"该联的意思是：夏天的夜晚，坐在水榭的靠椅上消暑，一边吃

着冰凉的新鲜的李子，一边悠闲地摇着扇，风把水中的那轮月亮都吹得变形了。

下联"燕黛描眉罢晚妆"：黛，一种青黑色的颜料，古代妇女用来画眉毛。燕黛，据说自商纣时期开始，这种颜料就以燕地所产的最为有名（"燕脂"是和妆粉配套的主要化妆品）。燕黛描眉，指美女画眉。罢晚妆，晚妆化好了。清·纳兰性德词《减字木兰花》："晚妆欲罢。更把纤眉临镜画。准待分明。和雨和烟两不胜。"那么，下联的意思就是：梳洗完了，再描好眉毛，晚妆大功告成，也该休息了。

我们再来看看缀锦楼正房的匾额与对联——

匾额"缀锦楼"：缀，原意指加以衬托或装饰，使原有事物更加美好，但这里当借为"坠"，指从高处落下，又指丧失。锦，本指用彩色经纬织出各种图案花色的丝织品，喻美丽，这里代指荣华富贵，锦，又借为"尽"。"缀锦"暗寓"坠尽"。《红楼梦》第二十三回特意将金钏、彩云、彩霞、绣鸾、绣凤几个名字连在一起，又说宝玉"神采飘逸，秀色夺人"，所有这些都是"锦"字的活化。

《红楼梦》在此前的第十三回中特意将"锦"字做了交代。本回秦氏托梦凤姐道："眼见不日又有一件非常喜事，真是烈火烹油、鲜花着锦之盛。要知道，也不过是瞬息的繁华、一时的欢乐，万不可忘了那'盛筵必散'的俗语……因念道：'三春去后诸芳尽，各自须寻各自门。'"秦氏一语，正好揭示了"缀锦"二字的隐喻，即"坠尽"。"缀锦"借为"坠尽"，恰好描绘了一树春花缤纷落尽的情景，与"家亡人散"正相对应。

《红楼梦》书中第七十九回"贾迎春误嫁中山狼"描述，迎春定亲后，宝玉"天天到紫菱洲一带地方徘徊瞻顾，见其轩窗寂寞，屏帐翛然……再看那岸上的蓼花苇叶，池内的翠荇香菱，也都觉摇摇落落，似有追忆故人之态，迥非素常逞妍斗色之可比"。于是，宝玉情不自禁，乃信口吟成一首《紫菱洲歌》曰："池塘一夜秋风冷，吹散芰荷红玉影。蓼花菱叶不胜愁，重露繁霜压纤梗。不闻永昼敲棋声，燕泥点点污棋枰。古人惜别怜朋友，况我今当手足情。"

有意思的是，薛宝钗所作的一首《忆菊》"怅望西风抱闷思，蓼红苇白断肠时。空篱旧圃秋无迹，瘦月清霜梦有知。念念心随归雁远，寥寥坐听晚砧痴。谁怜我为黄花病，慰语重阳会有期"，其中一些意境竟然与宝玉的《紫菱洲歌》很是类似。

迎春虽已搬出大观园，但尚未过门成亲，祸福甚难逆料，宝玉即发此悲叹，仿佛已有不祥的预感。果然，迎春出嫁后不久就被"中山狼"孙绍祖虐待而死，"缀

贾迎春

画栋参差春似织　宝帘掩映梦如云

119

锦""坠尽"一语成谶，而这一首诗也成了迎春"误嫁中山狼"悲惨命运的形象写照。可见，鲁迅说贾府中"悲凉之雾，遍被华林，然呼吸而领会之者，独宝玉而已"，这话是很有道理的。

正房的对联："画栋参差春似织，宝帘掩映梦如云。"上联"画栋参差春似织"：画栋，有彩绘装饰的栋梁。唐·王勃《滕王阁诗》云："画栋朝飞南浦云，珠帘暮卷西山雨。"明·王韦《阁试春阴》也有"小院门闲莺自语，画栋泥香燕初乳"之句。

下联"宝帘掩映梦如云"：宝帘，是有美丽装饰的帘子。秦观《浣溪沙》词云："无边丝雨细如愁，宝帘闲挂小银钩。"掩映，相互遮掩而且又映照衬托。梦如云，梦就像云朵一样，忽来忽去，模糊不清。

这副对联从字面上看，大意应该是：依山而建的两层楼阁用彩绘装饰，延伸至水中的游廊蜿蜒迂回，与主楼衔接，错落有致，春色如锦；珠帘掩映下，生活恬静，好梦安闲。

所以，对联实际上是暗示，缀锦楼的主人迎春渴望在这依山临水的紫菱洲过一种安静、闲散、无扰的简单生活，但这只是她的一种梦想，很快，这个梦想就如同浮云一样飘得无影无踪。

"紫菱洲畔水云空，感应空传不语中。闲谱群芳数开落，此花最不耐东风。"在曹雪芹的笔下，迎春是一位典型的书香女子，渴望过与世无争的宁静生活，可就是这个梦想也难以实现。

那么，迎春的命运到底怎么样呢？我们来看看曹公借金陵十二钗正册判词所做的人物结局的设计与安排——

画：一恶狼，追扑一美女，欲啖之意。

判词：子系中山狼，得志便猖狂。金闺花柳质，一载赴黄粱。

解读："子系中山狼"：子，旧时对男子的尊称。子系：两字合而为"孙（孙）"字，指孙绍祖。中山狼，宋·谢良《中山狼传》载，春秋时赵简子猎于中山，有狼被简子所逐，狼求救于东郭先生，东郭先生轰走了赵简子，掩护了狼，过后，狼反要吃掉东郭先生。后来把忘恩负义的人称为"中山狼"。这里比喻孙绍祖是忘恩负义之人，具有狼的狠毒本性。

"得志便猖狂"：孙绍祖原是大同府人氏，祖上系军官出身。当时他祖父希慕宁荣两府之势，有不能了结之事，就拜在门下，做了门生，从此与贾府成了世交。后孙家家资饶富，孙绍祖又善应酬权变，弓马又娴熟，于是在京袭了职，又于兵部候缺提升，一跃成为"暴发户"，便猖狂得意，横行霸道，胡作非为。迎春的父亲欠

了孙绍祖家五千两银子，贾家衰败后，孙绍祖逼债，迎春的父亲就用迎春抵了债。《红楼梦》第八十回载，迎春过门之时，正是他得意忘形之刻。他不仅将"家中所有的媳妇丫头将及淫遍"，而且暴戾成性，动不动打骂迎春，骂迎春是"醋汁子老婆拧出来的"，常指着迎春说："你别和我充夫人娘子！你老子使了我五千银子，把你准折卖给我的。好不好，打一顿，撵在下房里睡去！"后来迎春回贾府向娘家人诉说所受的虐待，大家虽同情落泪，但毫无办法，认为"嫁出去的女孩儿，泼出去的水"，只能"嫁鸡随鸡，嫁狗随狗"。虽然迎春并不甘心地说"我不信我的命就这么苦"，但也只能在娘家住了几天就又回到狼窝。在高氏续书的第一百回也写道：迎春回去后，孙绍祖常常不给饭吃，冬天也只给几件旧衣裳穿，娘家人来了她躲在耳房里不敢见。

"金闺花柳质"：金闺，华美的闺房；花柳质，形容迎春体质娇弱。这句的意思是，孙绍祖是一个好色、好赌、酗酒的无所不为的不轨之徒，迎春这样的金枝玉叶经不住他的摧残。

"一载赴黄粱"：一载，指迎春嫁到孙家的时间仅一年；黄粱，即"黄粱美梦"的故事。唐·沈既济《枕中记》载，落魄书生卢生在邯郸旅店中遇道士吕翁，自诉贫困，意图宦达。吕翁授之以枕，使其入梦。卢在梦中历尽荣华富贵，年过八十而死。死后梦醒，主人家的黄粱米饭尚未做熟。赴黄粱：比喻死亡。此句是说，一个如花似柳的大家闺秀，到了这恶棍手里只有一年便命丧黄泉了。

判词就是迎春悲剧命运的概括。高氏所续的《红楼梦》一百零九回载："可怜一位如花似月之女，结缡年余，不料被孙家揉搓，以致身亡。"从而印证了"金闺花柳质，一载赴黄粱"的判词。迎春小时便死了母亲，父亲贾赦与邢夫人对她并不怜惜。成人之后，性格比较软弱，嫁人之后，又偏偏遇上了孙绍祖这个凶狠残暴而又忘恩负义的男人。

迎春才貌双全，具有纯真、善良、宽厚等大家闺秀的风范，恪守封建女德，她的一生正是那个时代所孕育的温婉、柔顺女子命运的缩影。春天象征光明与希望，但迎春的人生却似与其名字的寓意相反，她悲惨的结局令人扼腕叹息。正如曹公为贾迎春所作的红楼梦曲《喜冤家》："中山狼，无情兽，全不念当日根由。一味的，骄奢淫荡贪还构。窥着那，侯门艳质同蒲柳；作践的，公府千金似下流。叹芳魂艳魄，一载荡悠悠。"

黛玉说迎春"虎狼屯于阶陛尚谈因果"，并不是一种刻薄的评价，而是"哀其不幸，怒其不争"的无奈。迎春红颜薄命的悲剧，固然有其自身懦弱、缺乏主见的

性格原因，也有家庭环境以及贾府自身内部矛盾的影响，但罪恶的封建婚姻制度与不合理的封建家族礼法制度才是祸首。

从续书的内容来看，虽然关于迎春的情节展开不多，但所写的悲剧结局与曹雪芹所写的判词、曲子中的设想是一致的。从这一点上，可以看出高鹗续书的主要成就，就是突破了中国古典小说惯用的"大团圆"的结局，从而丰富了小说的社会价值。

贾惜春

芙蓉影破归兰桨
菱藕香深泻竹桥

"芙蓉影破归兰桨，菱藕香深泻竹桥"，是大观园蓼风轩藕香榭的对联，蓼风轩是贾家四小姐惜春的居所。

贾惜春是谁？她是金陵十二钗之一，是贾家四姐妹中年纪最小的一位。贾惜春是宁国府贾敬唯一的女儿，贾珍唯一的胞妹，贾家四春唯一出身嫡长房的嫡出大小姐（贾家四姐妹名字相仿，但贾元春、贾迎春、贾探春是荣国府贾母的孙女，只有贾惜春是宁国府的人）。

有意思的是，与详细介绍迎春、探春的相貌不同，曹公介绍惜春只用了八个字："身量未足，形容尚小。"当时，惜春确实还只是一个小孩子，比黛玉还年幼。因父亲贾敬沉溺修道炼丹，最后死于金丹中毒，而母亲在她出生不久后去世，惜春一直在荣国府贾母身边长大，与宁府兄长贾珍很少来往。"惜春的存在就像一个影子，有三姐妹的时候，她总会出现，也是默默地静坐一角。"按理说，惜春是含着金汤匙出生，备受瞩目的千金大小姐，可她明明有至亲却无人疼惜，没有真正享受过父母

127

天伦。宁国府和荣国府虽是一家，但到底是两支。别说惜春是宁国府的，就算荣国府内，贾赦长房与贾政次房的人互相还有龃龉，惜春在荣国府又能好到哪里去呢？

《红楼梦》载，元妃省亲后，"忽想起那大观园中景致，自己幸过之后，贾政必定敬谨封锁，不敢使人进去骚扰，岂不寥落。况家中现有几个能诗会赋的姊妹，何不命他们进去居住，也不使佳人落魄，花柳无颜。……遂命太监夏守忠到荣国府来下一道谕，命宝钗等只管在园中居住，不可禁约封锢，命宝玉仍随进去读书"。于是惜春就住进了蓼风轩。

作者对于惜春的住处，像写惜春的身份似的，几经渲染，由外及内、由简至繁逐层呈现出来。最开始有两次介绍，只是一笔带过。第二十三回大家刚搬入大观园，只顺笔写出"惜春住了蓼风轩"；第三十七回建立海棠诗社众人起名号，宝钗说了一句："四丫头在藕香榭，就叫他'藕榭'就完了。"

蓼风轩应该是一个院落或一组建筑，包括藕香榭、蓼风轩和暖香坞几处，以"蓼风轩"命名，由元妃题匾。

藕香榭，是蓼风轩主要建筑之一，也是大观园中一处精致的水景建筑，挂有书写"藕香榭"三字的匾额，门柱上挂有黑漆嵌蚌的对联："芙蓉影破归兰桨，菱藕香深泻竹桥。”

匾额“藕香榭”：“藕香榭”是什么意思？《释名》云：“榭者，借也。借景而成者也。或水边，或花畔，制亦随态。”《红楼梦》第三十八回中对藕香榭的描述为：“原来这藕香榭盖在池中，四面有窗，左右有曲廊可通，亦是跨水接岸，后面又有曲折竹桥暗接。众人……一时进入榭中，只见栏杆外另放着两张竹案，一个上面设着杯箸酒具，一个上头设着茶筅茶盂各色茶具。贾母……一面说，一面又看见柱上挂的黑漆嵌蚌的对子，命人念。”由此可见，藕香榭是一个建筑群，而不是单一一个水榭，这个建筑群由水榭、小亭子、曲廊和曲折竹桥共同构成，四面荷花盛开，不远处岸上有两棵桂花树。藕香榭与凸碧山庄隔河遥遥相对，沿河岸东行可通山庄下之凹晶溪馆。

由此不难理解史湘云为什么要在这里开诗社、赏桂花、设螃蟹宴。首先，藕香榭的景色不错。因为三面临水，四面开敞设窗，空间畅达，开设宴席地方足够大。其次，藕香榭水清透亮，还有两棵很香的桂花树，秋天吃着螃蟹、喝着合欢酒、赏着桂花，确实惬意。再次，这里离蘅芜苑不远，宝钗和湘云操持宴会比较方便。

藕香榭的第二次聚会是贾母带着刘姥姥游览大观园，中午在大观园东面的缀锦阁底下吃酒，让女戏子们在藕

香榭的水亭子上演习乐曲，借着水音欣赏，箫管悠扬笙婉转，乐声穿林渡水而来，格外好听。

由此我们不难捋清惜春所住庭院的构成：庭院名为"蓼风轩"，在这处山水曲折的庭院中，有紧邻水池的"藕香榭"，是惜春的画室兼书房，也是可以聚会的场所。最幽静处，则是惜春坐卧的闺阁"暖香坞"。

惜春最擅长的就是画画，画画的人尤其喜欢山清水秀的地方，那么藕香榭对于惜春来说刚好合适，没准儿藕香榭还会给惜春带来灵感，让她能够在这里更好地表达自己。

那么，对联"芙蓉影破归兰桨，菱藕香深泻竹桥"是什么意思呢？

上联："芙蓉影破归兰桨。"芙蓉，指水芙蓉，即荷花。兰桨，木兰制的桨，取其芳香义作为修饰，出自《楚辞》，其实只是说小舟。上联是见水动影破方知船来的意思，这是从唐代诗人王维《山居秋暝》"竹喧归浣女，莲动下渔舟"的诗句中得到的启发。芙蓉已谢而菱藕已经熟透，正是深秋美景，说明这里适于深秋燕坐。从造句而言，如果写成"兰桨归时莲影破"就平淡无奇了。

下联："菱藕香深泻竹桥。"菱藕香，究竟是荷香还是菱藕香？对此，张秉旺先生分析，下联里一个"香"

字，表明赏景人享受到了花香。赏景人先在小船上，后在竹桥上；先看荷花与水中之倒影，后闻花之馨香气味。榭名"藕香"，联上也表明"菱藕香深"，对不对呢？藕香榭之名真的是来源于藕的香味吗？藕深藏于水下的泥中，即使有香气也不可能穿泥渡水，散发到空气里。而建专用之亭榭观赏"花之君子"荷花却是雅人雅事。苏州拙政园的香远堂，命名取周敦颐《爱莲说》里的"香远益清"之意，临水而建，最适于赏荷。北京的皇家园林颐和园有一个殿堂也叫藕香榭，它西临昆明湖之荷塘，榭之两侧都是花格窗棂，清风来时，花香满室，也是赏荷的好去处。乾隆皇帝有咏藕香榭的诗八首，都是以藕喻荷。荷香浓郁，菱角或菱角花即使有香味，与荷花比起来是微不足道的。用一"泻"字画出竹桥的姿势，"如倾如泻"是形容荷花香气刮过时的动感，下联理解为竹桥上的人感受到了拂面的荷香是合理的，也应当是正确的。从"芙蓉影破归兰桨，菱藕香深泻竹桥"的联语看，它也是因近"藕"而得名。

需要多说几句的是，自古莲藕并称，莲乃佛花，以"藕香"名居处，以"藕榭"自号，可能是在暗示惜春的不俗与出家的结局。在莲藕深处的水乡，过分高洁，几乎脱离了尘世。

以上几点弄明白了，把全联翻成现代语言，似乎可

131

以是这样的吧：赏完湖上景，归舟的桨划破了荷花映在水中的倒影；人在竹桥上行，拂面而来的是带着浓郁荷香的清新。

我们再来说说惜春的住处"蓼风轩"——

《红楼梦》中第五十回载，蓼风轩的环境是"红蓼花深，清波风寒"。蓼，即蓼花，有很多种，以水蓼、红蓼最常见，南北皆有。红蓼是一种紫红色的野花，民间叫狗尾巴花，但与狗尾巴草是完全不同的两种植物。红蓼秋冬时节开放，在古诗词里常用于深秋寄情。比如，陆游有诗句"数枝红蓼醉清秋"，杜牧《歙州卢中丞见惠名酝》诗云"犹念悲秋更分赐，夹溪红蓼映风蒲"，白居易《曲江早秋》"秋波红蓼水，夕照青芜岸"，都是一种寂寥空旷的意境。有意思的是，在现代，红蓼的花语是坚忍、不被人了解。风，自然是指秋风，清波风寒。苏轼的《西江月》有句"渡波清澈映研华，倒绿枝寒凤挂"，有一首《一剪梅·寥落风》也提到"大梦初醒已千年，凌乱罗衫，料峭风寒"，说的都是秋水冰冷，寒风凛冽。

由此不难理解，曹雪芹用蓼花（狗尾巴花）影射迎春、惜春，正是对她们无父母关爱的写照。君笺雅先生说，贾家四春，惜春出身最高，她是贾家嫡长房宁国府千金大小姐，就算元春也不如她。奈何出生后母亲去世，父亲贾敬弃她不顾，哥哥贾珍、嫂子尤氏也都是无心之人。惜春褓褓中被贾母命王夫人抱来抚养，有家不能回，致使小小年纪养成孤介性格，一如风中蓼花，如诗人吟咏："深浅霜前后，应同旧渚红。群芳坐衰歇，日日舞秋风。"而"蓼风轩"的言外之意就是指这里的主人将在这寒风萧瑟、秋水清凌的环境中度过她孤寂的一生。

需要说明的是，海棠诗社中，惜春以"藕榭"作为自己的雅号，但她的住所并非藕香榭，而是离藕香榭不远的暖香坞。根据小说的叙述，大观园中的人去惜春处，总要"穿藕香榭，过暖香坞来"。这说明，暖香坞在藕香榭的后面，离水面更远一点。暖香坞的北面是李纨住的稻香村，南边是薛宝钗的蘅芜苑。

《红楼梦》中第五十回提到：芦雪广诗社一回，李纨带着众姊妹都来围炉作诗。正热闹时，贾母坐着小竹轿，鸳鸯、琥珀等五六个丫鬟都打着伞，拥轿而来。贾母到这芦雪广落座，却觉得不妥，"这里潮湿，你们别久坐，仔细受了潮。你四妹妹那里暖和，我们到那里瞧瞧她的画儿，赶年可有了"。这芦雪广也是大观园中一处景观建筑。《红楼梦》中对于芦雪广的描述为："原来这芦雪广盖在傍山临水河滩之上，一带几间，茅檐土壁，槿篱竹牖，推窗便可垂钓，四面都是芦苇掩覆，一条去径透迤穿芦度苇过去，便是藕香榭的竹桥了。"

133

说着，贾母她们过了藕香榭，穿入一条"东西两边皆有过街门，门楼上里外皆嵌着石匾"夹道，"来至当中，进了向南的正门，从里边游廊过去，便是惜春的卧房"，门斗上挂有"暖香坞"三个字的匾额。此时，贾母已下了轿，惜春已出来迎候，"早有几个人打起猩红毡帘，已觉温香拂脸"。

暖香坞，顾名思义，这屋子暖和而且芳香飘逸。在大雪纷飞的冬日里，暖香坞应该是非常暖和的，这说明惜春的住处尤其适于冬居。暖香坞在重重围墙内，适于避风。同时，冬天要小房间才暖和，隔断多，屏风多，可以阻挡穿堂风。在这种温暖舒适的小房间里生活，适合做一些安静的活动，比如读书、绘画、冥想之类。当然，院子里也应该有些"岁寒三友"之类的花木，但因为空间有限，不会太多。而且，对于工于绘画、不是很活泼好动的惜春来说，这种地方其实很适合她，容易产生绘画的灵感。

但仔细想想，大观园里有那么多庭院闺房，作者为什么特意点出这惜春的暖香坞，还借贾母之口指出暖香坞最暖？暖对应的是什么？无非一个"冷"字。也只有十分怕冷的人，才会终日将闺房烧得暖烘烘的。有专家分析，黛玉体弱多病，她的闺房都不如惜春的暖，这足以说明这里的"暖"说的不是感觉，而是心境，是人间

134

冷暖。惜春幼年失怙，无论是贾敬、贾珍还是尤氏、贾蓉等人，皆与她十分疏远，平素很少走动。自幼被贾母抱至荣府带大，虽说吃穿用度不愁，但她从小是没有父母疼爱的。也许正因为如此，她六七岁就跟馒头庵里的小尼姑成了朋友，还说自己也要把头发剪了去庙里做姑子。人情之冷，让惜春活在冰窟之中，故而她才特别需要暖。

在前面，我们谈到过藕香榭是去往暖香坞的必经之地，也是众人向惜春靠近的地方。笔者理解，这其实也是因为作者对惜春这个女孩寄托了深深的怜爱之情。惜春因为父母早逝，她的内心始终都是孤独和寂寞的，所以她从小就有出家的想法。但现在她有了藕香榭，众人不管是无意的还是有意的，都可以到这里来看看惜春。人情再淡薄，世态再炎凉，只要有人还愿意来看看惜春，关心这个无依无靠的女子，那么就仍可依稀看见一缕人间烟火和人性光芒。

当然，这暖香坞也并非毫无生机之处。我们知道，逛花灯，打灯谜，是民间盛行的年俗，在锦衣玉食的大观园里也是如此。《红楼梦》第五十回《芦雪广争联即景诗　暖香坞雅制春灯谜》，就描述贾母与众姑娘齐集暖香坞作对、吟诗、制灯谜的热闹场景，提出"有作诗的，不如作些灯谜，大家正月里好玩"。次日，李纨、李

135

绮、李纹编出灯谜。"观音未有世家传",打四书里的一句,黛玉猜出"虽善无征"。"一池青草草何名",湘云答曰"蒲芦也"。"水向石边流出冷",打一古人名,探春说乃是竹林七贤之一的山涛。"萤"字,打一个字,宝琴猜出是"花"字。随后,宝钗道:"这些虽好,不合老太太的意思,不如作些浅近的物儿,大家雅俗共赏才好。"于是,湘云编了一支《点绛唇》:"溪壑分离,红尘游戏,真何趣?名利犹虚,后事终难继。"谜底是"猴儿"。宝钗、宝玉、黛玉也跟着制灯谜:"镂檀锲梓一层层,岂系良工堆砌成?虽是半天风雨过,何曾闻得梵铃声。""天上人间两渺茫,琅玕节过谨堤防。鸾音鹤信须凝睇,好把唏嘘答上苍。""骒骊何劳缚紫绳,驰城逐堑势狰狞。主人指示风雷动,鳌背三山独立名。"尽管不那么好懂,但也热热闹闹。

谈到惜春的才情,《红楼梦》中着墨不多。《红楼梦》第四十八回,在黛玉辅导完香菱写诗后,有这么一段记述:"李纨笑道:'咱们拉了他往四姑娘房里去,引他瞧瞧画儿,叫他醒一醒才好。'说着,真个出来拉了他过藕香榭,至暖香坞中。惜春正乏倦,在床上歪着睡午觉,画缯立在壁间,用纱罩着。众人唤醒了惜春,揭纱看时,十停方有了三停。香菱见画上有几个美人,因指着笑道:'这一个是我们姑娘,那一个是林姑娘。'探春笑道："凡会作诗的都画在上头，快学罢。"说着，玩笑了一回。"

画画作为惜春唯一的审美追求，水平有多高也很难说，而且还缺乏创作热情。惜春自己说："我又不会这工细楼台，又不会画人物，又不好驳回，正为这个为难呢。"

更让人难堪的是，惜春连绘画工具也未配齐。惜春自己说："我何曾有这些画器？不过随手写字的笔画画罢了。就是颜色，只有赭石、广花、藤黄、胭脂这四样。再有，不过是两支着色笔就完了。"

第四十回《史太君两宴大观园　金鸳鸯三宣牙牌令》载，刘姥姥二进荣国府，贾母领着刘姥姥游玩大观园，在沁芳亭上，刘姥姥称赞园子像年画一样好看，并说道："怎么得有人也照着这个园子画一张，我带了家去给他们见见，死了也得好处。"贾母听说，指着惜春笑道："你瞧我这个小孙女儿，他就会画，等明儿叫他画一张如何？"

接受贾母画大观园全景的任务后，惜春向诗社告假两年，李纨只得委由公议，林黛玉曾笑话她说："论理一年也不多。这园子盖才盖了一年，如今要画自然得二年工夫呢。又要研墨，又要蘸笔，又要铺纸，又要着颜色，又要照着这样儿慢慢的画。"所谓照这样慢慢画，便是指惜春的懒散。果然几个月之后，"十停方有了三停"。

第五十回中，贾母说："你四妹妹那里暖和，我们到那里瞧瞧他的画，赶年可有了。"众人笑："那里能年下就有了，只怕明年端阳有了。"贾母一听，大惊："这还了得！他竟比盖这园子还费工夫了。"于是命惜春"你别托懒儿，快拿出来给我快画"。印证了黛玉的判断。

后来贾母喜欢宝琴，便命惜春："不管冷暖，你只画去，赶到年下，十分不能便罢了。第一要紧把昨日琴儿和丫头梅花，照模照样，一笔别错，快快添上。"惜春听了虽是为难，只得应了。一时众人都来看他如何画，惜春只是出神。至于惜春的画儿后来有没有画好，书中没有交代。

如此看来，惜春对于画画也并不是真心热爱，因此没有认真研究绘画的技术，对于贾母的要求表现出为难、拖延的情绪，完全不是香菱学诗那股子热爱发奋的状态，在创作的时候也没有灵感爆发的狂热，只是勉强应付，和迎春有的一拼。

除了画画，在书中多处可以看出，惜春也喜爱下棋。《红楼梦》第八十七回载："宝玉只得回来，无处可去。忽然想起惜春有好几天没见，便信步走到蓼风轩来……

只听屋里微微一响，不知何声。宝玉站住再听，半日，又'拍'的一响。宝玉还未听出，只见一个人道：'你在这里下了一个子儿，那里你不应么？'宝玉方知是下大棋。"第八十八回："却说惜春正在那里揣摩棋谱，忽听院内有人叫彩屏……"第一百十一回："惜春说起：'……今儿你既光降，肯伴我一宵，咱们下棋说话儿，可使得么？'……那时天有初更时候，彩屏放下棋枰，两人对弈。"

当然，在古时，琴棋书画是名门女子必须修习的功课，元春、迎春、探春、惜春自然也是皆通习之。虽然抱琴、司棋、待书、入画的名字揭示了她们各自主子的兴趣爱好，即元春好琴、迎春精棋、探春善书、惜春爱画，但却不仅于此，四春应该琴棋书画皆通，只是各有偏好而已。

惜春性格孤僻，与荣国府内众人格格不入。在《红楼梦》第四十回中，刘姥姥说："老刘，老刘，食量大似牛，吃一个老母猪不抬头。"众人都笑了，惜春离了座位，拉着她奶母，叫揉一揉肠子。作为一个女孩子，这是她唯一一次撒娇。

大观园诗社成立后，因为她与迎春不擅长诗文，只挂个诗社虚衔，但就算这样，她还是不愿意参加。小说第四十二回载："李纨见了他两个，笑道：'社还没起，

贾惜春

芙蓉影破归兰桨　菱藕香深泻竹桥

就有脱滑的了，四丫头要告一年的假呢。'黛玉笑道：'都是老太太昨儿一句话，又叫他画什么园子图儿，惹得他乐得告假了。'"按说诗社不过每月一两社，每次不过半天时间，惜春参加也不占画画的时间，就算劳逸结合了。她请假一年，足见心里不想参加。林黛玉说她"乐得告假了"，尤其"乐得"二字，一针见血。

曹公在金陵十二钗正册判词中早已给惜春安排好了命运，她将独自一人伴着青灯黄卷终其一生。

高氏续书中，惜春在贾府败落后，在栊翠庵出家。清代王雪香《石头记论赞》评曰："人不奇则不清，不僻则不净，以知清净法门，皆奇僻性人也。惜春雅负此情，与妙玉交最厚，出尘之想，端自隗始矣。"是的，与惜春交厚的都是些出家人，《红楼梦》第七回中就提及她经常与小尼姑智能儿玩耍。

最后，我们也来看金陵十二钗正册判词有关贾惜春的命运与结局安排。

画：一所古庙，里面有一美人，在内看经独坐。

判词：勘破三春景不长，缁衣顿改昔年妆。可怜绣户侯门女，独卧青灯古佛旁。

解读：

画：惜春选择了出家，这是她多年的想法，也是她最终的归宿。

140

判词：勘，查看。勘破三春，语带双关，字面上说看到春光短促，实际是说惜春的三个姐姐（元春、迎春、探春）都好景不长，使惜春感到人生幻灭。缁衣，黑色的衣服。僧尼穿黑衣，所以出家也叫披缁。青灯，因灯火青荧，故名，这里指佛前海灯。判词的意思便是：由三个姐姐的遭遇看破了命运，明白人生的盛景不会长，用黑色尼装换掉了女儿红装。可叹这侯门的千金小姐，独坐在青灯下，陪伴在古佛旁，度过漫长的灰暗人生。

　　贾家被抄之后，族人离散，荣府自顾不暇，无人理会惜春，惜春不愿再成累赘，在《红楼梦》第一百一十五、一百一十七回中，惜春终于下定决心，完成夙愿，出家了。青灯古佛纵然寂寥，但这是她唯一可以选择的归宿，也算是求悟而得悟。

王熙凤

金紫万千谁治国

裙钗一二可齐家

　　"金紫万千谁治国，裙钗一二可齐家"这副对联，是曹雪芹在《红楼梦》第十三回最后作的回末诗。具体地说，是赞赏王熙凤等小女子治家有方的。

　　说到回末诗，稍扯远一点：章回体小说是中国长篇小说的一种传统形式。在每一章回中，作者往往都会撰写回前诗和回末诗。四大名著中都有经典诗文呈现。其中《红楼梦》因原文缺失，回前诗和回末诗多为批书人所作批语，不被收录，留存较少。程伟元和高鹗整理之后的版本，为使格式和内容接近统一，回前诗都已被删去，仅保留了少数回末诗。这副对联是其中之一，很是难得。

　　1987版电视连续剧《红楼梦》中有一首插曲叫《聪明累》："机关算尽太聪明，反算了卿卿性命……"唱的是《红楼梦》中的女主角之一王熙凤。王熙凤是金陵十二钗之一，贾琏的妻子，王夫人的内侄女，贾府通称"琏二奶奶"。王熙凤相貌俊俏，身材苗条，体态风骚，未见其人，先闻其声。

《红楼梦》第三回，作者曾浓墨重彩地描写了王熙凤的出场："只见一群媳妇丫鬟围拥着一个人从后房门进来。这个人打扮与众姑娘不同，彩绣辉煌，恍若神妃仙子：头上戴着金丝八宝攒珠髻，绾着朝阳五凤挂珠钗，项上戴着赤金盘螭璎珞圈，裙边系着豆绿宫绦，双衡比目玫瑰佩，身上穿着缕金百蝶穿花大红洋缎窄裉袄，外罩五彩刻丝石青银鼠褂，下着翡翠撒花洋绉裙。一双丹凤三角眼，两弯柳叶吊梢眉，身量苗条，体格风骚，粉面含春威不露，丹唇未启笑先闻。"

我们知道，贾、史、王、薛是金陵四大名宦世家。当时的"护官符"根据三个标准，即原籍都是本省、有权有势、极富极贵，开列出了这四大家族。贾、史、王、薛这四家"皆连络有亲，一损皆损，一荣皆荣，扶持遮饰，俱有照应"。正因如此，才有"贾不假，白玉为堂金作马。阿房宫，三百里，住不下金陵一个史。东海缺少白玉床，龙王来请金陵王。丰年好大雪（薛），珍珠如土金如铁"。蒙府夹批："此四家不相为结亲，则无门当户对者，亦理势之必然。"意思是说，四大家族门当户对，相互联姻乃理势之必然。

说到王熙凤的出身，在《红楼梦》第十六回中，赵嬷嬷说王熙凤的出身是"东海少了白玉床，龙王请来金陵王"的金陵王家时，王熙凤并未谦虚，而是顺势介绍道："那时我爷爷单管各国进贡朝贺的事，凡有的外国人来，都是我们家养活。粤、闽、滇、浙所有的洋船货物都是我们家的。"事实上，王熙凤的叔叔王子腾，也就是贾宝玉的舅舅当过京营节度使，又升任九省统制（第四回），后又高升九省都检点（第五十三回）。可见，金陵四大家族中，虽然贾、史二家政治根基更深一点，但从王熙凤描述的情况来看，王家的政治地位并不在贾、史等家族之下。

王熙凤嫁给贾赦之子贾琏，可谓门当户对。论辈分，她该喊宝玉之母王夫人为姑妈。凤姐嫁到贾家后，由于她模样标致、言谈爽利，加上她善于察言观色、机敏逢迎、心思深细、行事有章法，因而很受贾母和王夫人喜欢。但王熙凤真正显露头角还是在她临危受命，负责处理秦可卿丧事之时。

秦可卿去世后，贾珍痛心疾首，尤氏抱病，王熙凤在不得已的情况下，出面协助处理后事，这才有了"王熙凤协理宁国府"精彩一幕。这件事本来王夫人是不同意的，毕竟王熙凤太年轻，怕她难以服众，然而在贾珍再三的请求和王熙凤的强烈自荐下，也便默许了。在处理这桩事的过程中，王熙凤雷厉风行，精准改革。她一上来就说明了"我可比不得你们奶奶好性儿……如今可

要依着我行，错我半点儿，管不得谁是有脸的，谁是没脸的，一例现清白处治"，接着一改宁府往日混乱的管理思路，安排好所有人的工作，令其各司其职。谁专门负责端茶送饭，谁专门负责杯盘碗碟，谁专门负责照管门户，都安排得明明白白。有人犯错，她当着所有人的面杀鸡儆猴，建立了足够的威信，从此大家都小心翼翼地做事。因此，秦可卿的后事被她处置得妥妥当当、风风光光。有人议论，秦可卿的后事若没有她张罗，宁国府真得乱了体统、丢了颜面。

王熙凤不辱使命，不仅显露了非凡的管理才干，还表现出不辞辛劳的为政精神，日夜不暇，并不偷安推脱，故能"筹划得十分的整齐，于是合族上下无不称叹"，王熙凤自己也感觉"威重令行，心中十分得意"（第十四回）。贾琏回来后，王熙凤假作谦虚，实则自夸："依旧被我闹了个马仰人翻，更不成个体统。"（第十六回）

王熙凤的精明强干，赢得了贾府所有人的赞誉，尤其是得到了贾母和王夫人的信任。"琏爷倒退了一射之地"（第二回），王熙凤成为贾府总揽大权的实际大管家。

现在我们回到"金紫万千谁治国，裙钗一二可齐家"这副对联。

上联"金紫万千谁治国"：金紫，秦汉时丞相等官授金印紫绶，唐宋后的官服和佩饰为紫衣及金鱼袋，借指高官显爵。"金紫万千"是指朝堂的文武百官。

下联"裙钗一二可齐家"：裙钗是旧时妇女的服饰，借指妇女。"齐家"即"修身齐家治国平天下"的简写，典出西汉礼学家戴圣所编《礼记·大学》："物格而后知至，知至而后意诚，意诚而后心正，心正而后身修，身修而后家齐，家齐而后国治，国治而后天下平。"齐家就是治家。

这样，对联的意思便不难理解了：朝堂上的文武百官，没有一个是治国贤才；而这些有着卓越才能的杰出女性完全可以齐家治国平天下。

我们知道，"修身齐家治国平天下"一直是儒家对读书人寄予的厚望，也是历代年轻学子们不懈追求的理想。但是在曹雪芹看来，自己已身在"末世"，看不到"辅国治民"的好男人。但是，曹雪芹在脂粉世界中看到了巾帼英雄、女中豪杰，她们不仅有补天之志，还有补天之能，只可惜她们生不逢时。在曹雪芹的心目中，像贾母、秦可卿、王熙凤、贾探春、林黛玉、薛宝钗等，都是精明能干，可以纵横驰骋的能人。

曹雪芹为何用此联作为第十三回的结语？专家说，一部《红楼梦》，呕心血，濡大笔，要使"闺阁昭传"，写出作者"半世亲睹亲闻的这几个女子"，为的是"闺

阁中本自历历有人，万不可因我之不肖，自护己短，一并使其泯灭"。在当时那样的封建社会，正如贾宝玉发出"女儿是水作的骨肉，男人是泥作的骨肉"宣言一样，曹雪芹认可青春女性的生命价值，认为"巾帼不让须眉""裙钗可齐家"，是很反传统的，是很新颖的，更是难能可贵的。曹雪芹生活在清代，那个时代不存在女权思想，但是他的性别观在当时来看，已经是最进步的了。他敢于反驳男尊女卑的价值观，旗帜鲜明地赞美女性，是很了不起的。他构筑的那个"清净女儿之境"，无疑是寄托了他无限理想的伊甸园。

当然，对于王熙凤的评价，可不是一首回末诗所能概括得了的。事实上，王熙凤非但有非凡的管理能力、组织能力和治家手段，同时心狠手辣，笑里藏刀，杀伐决断，八面玲珑，几乎没有她摆不平的事，没有她治不了的人。按贾琏的心腹小厮兴儿的话说，王熙凤面艳心狠，"嘴甜心苦，两面三刀，上头一脸笑，脚下使绊子，明是一盆火，暗是一把刀"（第六十五回）。

我们不妨列举几个王熙凤心狠手辣的具体事例。一是她对贾瑞调戏的报复。虽然贾瑞这种淫污纨绔确实品行不端，但"毒设相思局"之步步为营也可见其毒辣。二是她设计尤二姐，使出种种手段，"借剑杀人""坐山观虎斗"，一步步将尤二姐挫磨致死。三是"弄权铁槛寺"中，为了三千两银子的贿赂，逼死素昧平生的张金哥与守备公子。虽然不是她亲手杀人，却有多人因她而死。

我们不得不认为，王熙凤的心狠手辣、自私要强和她的成长环境是有关的。她是四大家族之一王家的女儿，是荣国府二太太王夫人的内侄女。如此显赫的家世，使王熙凤在心理上不会过多地顾及他人的感受，我行我素惯了。而且，从书中描写来看，王家人都是比较心狠手辣的。王夫人虽表面看是个吃斋念佛的善人，但从处理晴雯等人的事情看，她内心是极冷漠无情的。王熙凤的哥哥王仁最终要卖巧姐，可见也是一个恶毒的人。王熙凤生长在这样的家庭，自然多少都会沾染恶毒的习气。

王熙凤被人视为"有一万个心眼子""行事却比世人都大""是个男人万不及一的""脂粉队里的英雄"，但她过分强势和自私，精于算计，短短一生树敌太多，用王熙凤自己的话说，"人恨极了……一时不防，倒弄坏了"（第五十五回）。

续书中后期的王熙凤越来越感到力不从心。与"那些家人更是我手下的人"相反，因抄家后威信全失，竟然叫不动人，"头一层是老太太的丫头们是难缠的，太太们的也难说话，叫我说谁去呢"，无奈只好低声下气央求道："大娘婶子们可怜我罢！我上头挭了好些说，

为的是你们不齐截，叫人笑话。"而下人竟不买账，反落井下石，"更加作践起他来"。

王熙凤并非一开始就是十恶不赦的大坏人，她的内心里也还留存一些同情心。面对前来贾府求施舍的刘姥姥，她虽然内心看不起这只是当年联过宗，并没有实际血缘的穷亲戚，但还是茶饭周全地招待了刘姥姥，并送了二十两银子和一吊钱，帮刘姥姥渡过了难关。刘姥姥二进荣国府，王熙凤带她一起在大观园里玩闹，在贾母的授意下亲自布菜给刘姥姥吃，甚至还让刘姥姥给自己的女儿取名字，在刘姥姥临走时又送了不少东西。在临死之前，她把巧姐拜托给了刘姥姥。也正是因为王熙凤对刘姥姥行的小善，最终救了自己的女儿巧姐。

王熙凤终因久病身亏、心力交瘁、宿敌反扑、兵败山倒而心碎，而油尽灯灭。她死后，被人用破草席卷着丢到了乱葬岗，落得个"机关算尽太聪明，反算了卿卿性命"的下场。

王熙凤是曹雪芹笔下最为生动鲜活的人物之一，是一个生命力非常旺盛的角色，是封建大家庭中精明强干的主妇的典型代表。

最后，我们来看看《红楼梦》第五回有关王熙凤命运的画、判词与曲子——

画：一片冰山，上有一只雌凤。

画中的"冰山"，暗喻王熙凤独揽大权的地位难以持久。《资治通鉴·唐玄宗天宝十一年》说，有人劝张彖去拜见杨国忠以谋富贵，张说："君辈倚杨右相若泰山，吾以为冰山耳。若皎日既出，君辈得无所恃乎?""雌凤"，或许指她失偶孤独。在她患病不起的时候，她的丈夫贾琏最终也弃她而去。

判词：凡鸟偏从末世来，都知爱慕此生才。一从二令三人木，哭向金陵事更哀。

凤凰偏偏生在了衰亡的时代，大家都知道羡慕她的足智多谋。不料她"一从二令"之后反被休弃，哭返金陵时恐怕更加悲哀。画和判词早已明示，凤姐的悲剧带有很大的自食其果、自取其祸的成分。

"一从二令三人木"句，因为不知原稿中王熙凤的结局如何，所以对这一句有着各种猜测。大体说来可分两类：一类着眼于夫妻关系、个人悲剧，"一从"指出嫁从夫或言听计从，"二令"指"阃令森严"或发号施令，"三人木"指终被休弃。吴恩裕先生《有关曹雪芹十种·考稗小记》中说："凤姐对贾琏最初是言听计从，继而对贾琏可以发号施令，最后事败终不免休之。故曰哭向金陵事更哀云云。"研究脂批提供的线索，凤姐后来被贾琏休弃是可信的。"金陵王"是她的娘家，与末句也相合。也有人说，判词"一从"应在第二回"琏爷倒退了一射之地";"二令"应在一百零一回"想起贾琏方才那种光景，好不伤心"，第一百一十三回"贾琏近日并不似先前的恩爱";"三休（人木为休）"应在第一百一十九回"要扶平儿为正"。"衣锦还乡"之签，宝钗说"四字里头，还有原故"（第一百零一回）。另一类则认为指权势消歇、家族颓败，"令"是指利令智昏、威重令行或皇帝下令抄家;"休"亦不必拘于一事，可作万事皆休解，贾府靠山冰消，彻底败落，凤姐身败名裂，万事皆休。

曲子：机关算尽太聪明，反算了卿卿性命。生前心已碎，死后性空灵。家富人宁，终有个家亡人散各奔腾。枉费了，意悬悬半世心；好一似，荡悠悠三更梦。忽喇喇似大厦倾，昏惨惨似灯将尽。呀！一场欢喜忽悲辛。叹人世，终难定！

曹雪芹以浪漫主义的手法，将《红楼梦》十二支曲和金陵十二钗正册判词写在了第五回，这是金陵十二钗形象塑造和命运安排的提纲。

"聪明累"，是受聪明之连累、因聪明自误的意思。语出北宋苏轼《洗儿》诗："人皆养子望聪明，我被聪明误一生。惟愿孩儿愚且鲁，无灾无难到公卿。""机关"二句：机关，指心机、阴谋权术。宋代黄庭坚《牧童》诗末两句云："多少长安名利客，机关用尽不如君。"卿卿，语本《世说新语·惑溺》，后作夫妇、朋友间一种亲昵的称呼，这里指王熙凤。意思是王熙凤费尽心机，筹划算计，聪明得过了头，反而连自己的性命也给算计掉了。"死后性空灵"：所依据的情节不详，从已有的情节如秦可卿死后托梦以及元春的曲子中"故向爹娘梦里相寻告"等推测，凤姐死后亦有可能有托梦之事。"奔腾"：在这里是形容灾祸临头时，众人各自急急找生路的样子。"意悬悬"：时刻劳神、放不下心的精神状态。

此曲主要写王熙凤耍尽权谋机变，最终贾府"忽喇喇似大厦倾，昏惨惨似灯将尽"一败涂地，自己也落了个"悲辛"的凄惨下场。曲子用语生动形象，大量采用比喻及叠词对句的形式，既含讽刺，又有惋惜。这支曲子不仅是写王熙凤，也是写贾府的衰败，无论王熙凤如何"聪明"，如何"机关算尽"，都不可能支撑贾府这座即将倾塌的"大厦"，更不能挽救四大家族乃至整个封建社会"似灯将尽"的历史命运。曲子唱出"一场欢喜忽悲辛"，既是王熙凤一生际遇的总结，也是封建社会末世的一首挽词。

巧姐

得意浓时易接济

受恩深处胜亲朋

"得意浓时易接济，受恩深处胜亲朋。"这是曹雪芹在《红楼梦》第六回末尾写的一副对联，又称"回末诗"。这副对联是什么意思呢？

我们先来看看曹雪芹写这副对联的背景："这年秋尽冬初，天气冷将上来，家中冬事未办，狗儿未免心中烦虑，吃了几杯闷酒，在家闲寻气恼。"狗儿的岳母刘姥姥提醒狗儿，他的祖父和金陵王家有些联宗的渊源，早年正是因为得到王家的救济，才使得家里过得相对宽裕，后面疏远了，家里也就萧条下来。于是狗儿便央求岳母代为走一趟荣国府，刘姥姥道："你又是个男人，又这样个嘴脸，自然去不得；我们姑娘年轻媳妇子，也难卖头卖脚的，倒还是舍着我这付老脸去碰一碰。果然有些好处，大家都有益。"次日天未明，刘姥姥便带着才五六岁的外孙板儿亲赴荣国府求助去了。

在贾府，管事的凤姐既显示了她办事周全、圆滑的风格，也流露出她内心尚未泯灭的同情心："可巧昨儿太太给我的丫头们做衣裳的二十两银子，我还没动呢，你若不嫌少，就暂且先拿了去罢。"面对刘姥姥因大喜过望而表现出的"粗鄙"，凤姐"笑而不睬，只命平儿把昨儿那包银子拿来，再拿一吊钱来，都送到刘姥姥的跟前"。凤姐乃道："这是二十两银子，暂且给这孩子做件冬衣罢。若不拿着，就真是怪我了。这钱雇车坐罢。"尽管这二十两银子对凤姐来说，不过是拔根寒毛，但对刘姥姥来说，却是比他们的腰还粗，足够他们一年的用度了。尤其那一吊雇车钱，更体现出凤姐对一个老人的怜恤。在刘姥姥看来，凤姐无疑是他们一家的恩人。

现在我们来看看"得意浓时易接济，受恩深处胜亲朋"这副对联。先看"得意浓时易接济"一句。"得意浓时"，意为很得意时。凤姐为什么这么得意？原因在本回中有两处体现：一是贾珍让贾蓉前来借玻璃炕屏，这玻璃炕屏是王熙凤娘家之物，王熙凤见堂堂宁府还要借她的东西撑门面，心里很得意。二是王夫人让她打发刘姥姥，而刘姥姥又对她毕恭毕敬、极尽逢迎。这样上句的意思就不难理解了：王熙凤之所以这么爽快、慷慨地接济刘姥姥二十两银子，是因为此时正是她最得意的时候，心里一高兴，也就容易出手给钱了。后一句"受恩深处胜亲朋"，"受恩深处"，在自己最困难或最关键的时候得到别人的恩惠或帮助，承此深恩，日后回报之

160

时比亲朋好友更加尽心尽力。

对联的含义就是：在风光得意的时候给过别人好处或帮助过别人，或许是件很容易的小事；但说不定以后哪一天，你落难了，所有的亲朋都离你而去，而当初你接济过的小人物却能够回报你。这里是暗示刘姥姥因为受了凤姐的大恩，后来在凤姐的女儿巧姐遇到危难时倾力帮助巧姐，救巧姐于水火，不是亲人胜似亲人。

我们现在来说说巧姐——

巧姐，是金陵十二钗中年纪最小的一位，是贾琏与王熙凤的女儿，是贾宝玉的舅表甥女兼从父侄女。因生日是七月初七，刘姥姥给她取名为"巧"。巧姐是豪门千金，从小生活优裕。

巧姐出场时，还是襁褓中的婴儿，直到八十回结束，她也还是个小女孩，出场很少。曹雪芹在前八十回中蜻蜓点水般地写了四处：第一处是第五回，交代巧姐的判词；第二处是第六回，刘姥姥一进荣国府时，作者点了一句"来至东边这间屋内，乃是贾琏的女儿大姐儿睡觉之所"；第三处是第四十一回，刘姥姥二进荣国府，在大观园中巧姐闹着要板儿手中的佛手玩；第四处是第四十二回，刘姥姥给巧姐取名。

不要小看曹雪芹这四处交代，几乎每一处都关联着巧姐的命运。我们把判词留待后面分析，先说二、三、四处。第二处即第六回，刘姥姥带着板儿进荣国府寻求救济，当时周瑞家的就把他俩带到"贾琏的女儿大姐儿睡觉之所"。这应该是板儿和巧姐的第一次见面，俗话说，有缘千里来相会，板儿与尚在襁褓中的巧姐相见，虽无法进行语言交流，但缘分已定。脂批也说："不知不觉先到大姐寝室，岂非有缘？"特别是这一次，凤姐资助刘姥姥二十两银子，伏线千里，为后来刘姥姥救巧姐埋下伏笔。第三处，即第四十一回，刘姥姥带着板儿二进荣国府，在游玩大观园的过程中，大姐儿原来抱着一个柚子玩，忽然看见板儿抱着一个佛手，就要那佛手，于是就有了两个孩子互换了柚子和佛手的情节。这是非常明白的伏笔。脂砚斋有几条批语，说："小儿常情，遂成千里伏线。"又说："柚子，即今香圆之属也，应与缘通；佛手者，正指迷津者也。以小儿之戏，暗透前后通部脉络。"再次强调了巧姐和板儿的缘分。第四处，即第四十二回，说的是刘姥姥给巧姐起名字的事儿，这事非同小可，我们不妨细看端详——

刘姥姥回家之前，带着板儿来与凤姐儿告别，凤姐儿谈到为陪刘姥姥逛园子，大姐儿因为找她而发烧的事，并询问"这大姐儿时常肯病，也不知是个什么原故"。刘姥姥道："富贵人家养的孩子多太娇嫩，自然禁不得一些儿委曲，再他小人儿家，过于尊贵了，也禁不起。

以后姑奶奶少疼他些就好了。"接着凤姐儿便请刘姥姥给女儿起名字："这也有理。我想起来，他还没个名字，你就给他起个名字。一则借借你的寿，二则你们是庄家人，不怕你恼，到底贫苦些，你贫苦人起个名字，只怕压的住他。"刘姥姥听说，便想了一想，笑道："不知他几时生的？"凤姐儿道："正是生日的日子不好呢，可巧是七月初七日。"刘姥姥忙笑道："这个正好，就叫他是巧哥儿。这叫作'以毒攻毒，以火攻火'的法子。姑奶奶定要依我这名字，他必长命百岁。日后大了，各人成家立业，或一时有不遂心的事，必然是遇难成祥，逢凶化吉，却从这'巧'字上来。"

巧姐的结局到底会怎么样呢？

我们先来看看《红楼梦》中有关巧姐的判词——

画：一座荒村野店，有一美人在那里纺绩。

解读：寓意巧姐嫁给了刘姥姥的外孙板儿，在偏僻的山村过着男耕女织的平头百姓的生活。

判词：势败休云贵，家亡莫论亲。偶因济刘氏，巧得遇恩人。

解读：家势已经衰败就别提当年富贵，家破人亡就别说谁是骨肉至亲。凤姐你偶然接济过的刘姥姥记下了你对她的恩情，她知恩图报，成了救巧姐于水火的恩人。开头两句中的"势败"与"家亡"均指贾府的衰亡、败

163

落，点明巧姐的遭际与贾府的衰亡紧密地连在一起。后来贾府败落，巧姐遭难，幸亏有刘姥姥搭救，才出了火坑，故判词结句是"巧得遇恩人"。"巧"是语意双关，明指凑巧，暗示巧姐。恩人，指刘姥姥。巧姐被舅父王仁（谐音"忘仁"）拐卖，幸为刘姥姥带走才逃出虎口。

曲子：留余庆，留余庆，忽遇恩人；幸娘亲，幸娘亲，积得阴功。劝人生，济困扶穷。休似俺那爱银钱、忘骨肉的狠舅奸兄！正是乘除加减，上有苍穹。

解读："留余庆"，先代遗留给后代的福泽叫余庆。《易·坤·文言》："积善之家，必有余庆。""留余庆"，与"积得阴功"意相似，都是一种因果报应的迷信说法。"狠舅奸兄"，从书中人物分析来看，狠舅当指王仁，奸兄可能是贾蓉、贾芹。"乘除加减，上有苍穹"，指老天的赏罚丝毫不爽，犹"善有善报，恶有恶报"。

实际上，巧姐的结局可用判词中的"偶因济刘氏，巧得遇恩人"十个字来概括。据脂评透露，因为善待了刘姥姥，八十回以后贾家遭抄家之祸，王熙凤被拘禁在狱神庙，刘姥姥前去探望。

因为王熙凤的善念，偶然接济了穷苦的刘姥姥一家，在后四十回中，巧姐经历了抄家、母亲去世、在家中受了很多磨难和欺凌等重大打击，以至于沦落风尘。刘姥姥为了报恩，倾尽所有赎回巧姐，并安排外孙板儿娶了巧姐，巧姐做了一名村妇，过着平淡的生活。

王熙凤虽然害过许多人，但她偶尔为善，也有福报。或许她自己也没有想到，当初自己二十两银子的赠予，尽管不足以救她自己，但却救了她的孩子，换来了她女儿的一世平安。而刘姥姥的所作所为，已经超越了因果报恩本身，不仅反映了底层老百姓的善良和宽广的胸怀，更是对封建社会虚伪道德观的讽刺。

巧姐最后嫁给了刘姥姥的外孙板儿，虽然是住在荒村野店，每天还得纺绩谋生，离过去那富贵奢华的小姐生活相距甚远，但跟大半辈子都在深宫中，没有感受过什么温暖的大姑姑，出嫁一年便被蹂躏致死的二姑姑，被迫远嫁到蛮夷之地的三姑姑，悲观绝望而青春出家的四姑姑，以及被父亲休弃之后众叛亲离之下惨死的母亲相比，也算幸运了。刘姥姥为巧姐取名时所说的"遇难成祥，逢凶化吉"也得到了证验。有道是，富贵繁华，终归一梦，但纵使万象皆空，为善不空，人与人之间的情义不空，冥冥之中注定的情缘也不空。

李纨

新涨绿添浣葛处
好云香护采芹人

　　"新涨绿添浣葛处，好云香护采芹人"是大观园稻香村的门联，为宝玉所题。稻香村为大观园中唯一一处山野田园风光的院落，也是贾府为迎接元妃归省修建的景致之一。

　　在元妃归省之后，园中景致未免"寥落"，元妃便命家中姊妹入园居住，金陵十二钗之一——青春守寡的李纨便住进了稻香村。

　　稻香村到底什么样呢？

　　《红楼梦》第十七回《大观园试才题对额　荣国府归省庆元宵》中有一段这样的描述："……倏尔青山斜阻。转过山怀中，隐隐露出一带黄泥筑就矮墙，墙头皆用稻茎掩护。有几百株杏花，如喷火蒸霞一般。里面数楹茅屋。外面却是桑、榆、槿、柘各色树稚新条，随其曲折，编就两溜青篱。篱外山坡之下，有一土井，旁有桔槔辘轳之属。下面分畦列亩，佳蔬菜花，漫然无际。"

　　大观园内，除了怡红院、潇湘馆、蘅芜苑，另外最重要的一处，应该就是稻香村了，因为稻香村和大观园其他建筑的富丽华贵不同，此处为田园农舍，一派郊野气色。元妃回贾府省亲时曾说自己最喜欢四个地方，其中就包括这稻香村。黛玉帮宝玉写的独占鳌头的一首诗，写的也是稻香村。贾政更是对稻香村情有独钟，这在《红楼梦》第十七回中亦有详细叙述。贾政说："倒是此处有些道理。固然系人力穿凿，此时一见，未免勾引起我归农之意。"唯独宝玉，对这里颇有微词。

显然，贾政和贾宝玉父子的审美观差异巨大。在稻香村如何命名的问题上，父子俩意见也是大相径庭，并由此引发了争论。小说中载：

……方欲进篱门去，忽见路旁有一石碣，亦为留题之备。众人笑道："更妙，更妙！此处若悬匾待题，则田舍家风一洗尽矣。立此一碣，又觉生色许多，非范石湖田家之咏不足以尽其妙。"贾政道："诸公请题。"众人道："方才世兄有云，'编新不如述旧'，此处古人已道尽矣，莫若直书'杏花村'妙极。"贾政听了，笑向贾珍道："正亏提醒了我。此处都妙极，只是还少一个酒幌，明日竟作一个，不必华丽，就依外面村庄的式样作来，用竹竿挑在树梢。"

贾珍答应了。

但贾宝玉对直书"杏花村"并不认同。宝玉说道："旧诗有云：'红杏梢头挂酒旗。'如今莫若'杏帘在望'四字。"对于"杏帘在望"，众人都道："好个'在望'！又暗合'杏花村'意。"宝玉冷笑道："村名若用'杏花'二字，则俗陋不堪了。又有古人诗云：'柴门临水稻花香。'何不就用'稻香村'的妙？"众人听了，亦发哄声拍手道："妙！"贾政一声喝断："无知的业障！你能知道几个古人，能记得几首熟诗，也敢在老先生前卖弄！你方才那些胡说的，不过是试你的清浊，取笑而已，你就认真了！"

实际上，与贾政的迂腐与循规蹈矩相比，贾宝玉无论题匾"杏帘在望"，还是命其名为"稻香村"，都表现出更多的新意，其中也显示出宝玉深厚的文学功底。我们知道，明代唐寅有诗《杏林春燕》："红杏梢头挂酒旗，绿杨枝上啭黄鹂。鸟声花影留人住，不赏东风也是痴。"而"杏花村"典出唐代杜牧的那首著名的《清明》："清明时节雨纷纷，路上行人欲断魂。借问酒家何处有，牧童遥指杏花村。"直接命名为"杏花村"，倒是像个酒馆。宝玉命名为"稻香村"，引用了唐代诗人许浑的《晚自朝台津至韦隐居郊园》，原诗为："秋来凫雁下方塘，系马朝台步夕阳。村径绕山松叶暗，野门临水稻花香。云连海气琴书润，风带潮声枕簟凉。西下磻溪犹万里，可能垂白待文王。"显然，作为一处具有田园风光的景致，用"稻香村"更为妥帖。而且，说明出处时，贾宝玉改了一字，即将"野门"改为"柴门"，也是用心良苦。

贾府为元春省亲，肆意挥霍，建造了一座豪华的大观园，却又偏偏在其中修建一处田庄茅屋，以示淡泊。显然，对于这个人造的"稻香村"，崇尚天然的贾宝玉是喜欢不起来的。尽管名也起了，匾也题了，但他还是耿耿于怀，并未释然。且看：

　　……引人步入茆堂，里面纸窗木榻，富贵气象一洗皆尽，贾政心中自是喜欢，却瞅宝玉道："此处如何？"众人见问，都忙悄悄的推宝玉，教他说好。宝玉不听人言，便应声道："不及'有凤来仪'多矣。"贾政听了道："无知的蠢物！你只知朱楼画栋，恶赖富丽为佳，那里知道这清幽气象。终是不读书之过！"宝玉忙答道："老爷教训的固是，但古人常云'天然'二字，不知何意？"

贾宝玉是认死理的，他借"天然"二字，对这种"穿凿扭捏"的做法给予尖锐的批评。为什么不喜欢？宝玉道："此处置一田庄，分明见得人力穿凿扭捏而成。远无邻村，近不负郭，背山山无脉，临水水无源，高无隐寺之塔，下无通市之桥，峭然孤出，似非大观。争似先处有自然之理，得自然之气，虽种竹引泉，亦不伤于穿凿。古人云'天然图画'四字，正畏非其地而强为地，非其山而强为山，虽百般精而终不相宜……"但这话却当众戳到了贾政的痛处。原来，贾政爱的是此处的简朴与野趣，而贾宝玉讨厌的是此处设计的穿凿附会、人工雕琢，但面对如此强悍而固执己见的父亲，也是实在没有办法。在父亲"再题一联，若不通，一并打嘴！"的威吓下，宝玉不得已最终还是为"稻香村"作了一联，这就是："新涨绿添浣葛处，好云香护采芹人。"这副对联完全是逼出来的，是宝玉的应景谀辞，并非宝玉的真情实意，不能代表宝玉的思想。

这场争论最终由元妃做了定论。在省亲之夜，元妃游幸之后，将"杏帘在望"赐名"浣葛山庄"。又因林黛玉代替宝玉所作的《杏帘在望》甚得元妃之心，遂改"浣葛山庄"为"稻香村"。

前面已经交代，稻香村是李纨的住处，那么李纨是谁？李纨，字宫裁，是荣国府长孙贾珠之妻，宝玉的亲嫂子。贾珠夭亡，幸存一子，取名贾兰。李纨亦系金陵名宦之女，父名李守中，曾为国子监祭酒。关于李守中对李纨的教育，书中有这么一段叙述：李家"族中男女无有不诵诗读书者。至李守中继承以来，便说'女子无才便有德'，故生了李氏时，便不十分令其读书，只不过将些《女四书》《列女传》《贤媛集》等三四种书，使他认得几个字，记得前朝这几个贤女便罢了，却只以纺绩井臼为要"。

李纨青春守寡，抚育孤儿，"处膏粱锦绣之中，竟如槁木死灰一般"，也是道德完人，是妇德妇功的代表，是大观园里传统道德和传统价值观的缩影。这个勾起贾政"归农之意"的院子，后来分给"竹篱茅舍自甘心"的李纨居住，实在是最合适不过。

李纨性格贞静淡泊、清雅端庄，处事明达却又超然物外。在大观园，李纨不出头露面，但她的人缘不错。在下人的心目中，她心善面软，是一个大菩萨。在众姐妹眼里，她是能和大家玩到一块儿去的大姐姐，一个随和的好嫂子。在贾母眼里，她"带着兰儿静静的过日子"，为人本分，更觉得她"寡妇失业的"可怜，让她跟自己领一样多的月例，年终份子也让她拿最高的。表面上看起来，她的日子过得还算是蛮滋润的，但有多少人为这个年纪轻轻的寡妇那些孤衾冷枕的漫漫长夜而心生同情呢？

《红楼梦》第七回载，周瑞家的替薛姨妈给姑娘们送宫花，当她来到王熙凤住处的时候是从李纨的窗前经过的，"那周瑞家的又和智能儿劳叨了一会，便往凤姐儿处来。穿夹道从李纨后窗下过，隔着玻璃窗户，见李纨在炕上歪着睡觉呢，遂越过西花墙，出西角门进入凤姐院中"。周瑞家的到了王熙凤的院子正巧遇到了贾琏戏熙凤，同样是贾府的媳妇，同样是年轻的女子，一个在与丈夫嬉戏，另一个却在无聊地歪着睡觉，通过这妯娌俩的对比就能看出李纨在贾府的无奈、无聊与无助。

在探春结诗社的时候，李纨自定了个"稻香老农"的雅号。对于李纨的才情，书中着墨不多，但从一些细节也能感觉到一二。比如李纨评黛玉与宝钗的诗，她说道："若论风流别致，自是（黛玉）这首，若论含蓄浑厚，终让蘅（宝钗）稿。"不人云亦云，评价客观公正，让人心服口服，李宫裁的名号也不是白起的。贾宝玉曾对李纨评诗称赞有加，说"稻香老农虽不善作却善看，又最公道，你就评阅优劣，我们都服的"。

李纨自己也作过几首诗，其中一首《文采风流》，全文为："秀水明山抱复回，风流文采胜蓬莱。绿裁歌扇迷芳草，红衬湘裙舞落梅。珠玉自应传盛世，神仙何幸下瑶台。名园一自邀游赏，未许凡人到此来。"水平

还是不错的。

现在，我们来看看贾宝玉为稻香村所题的匾额"杏帘在望"和对联——

匾额"杏帘在望"：远远就可以看到红杏梢头招引顾客的飘扬的旗幡。有人说典出唐寅的《杏林春燕》，其实，此句最早见于元·刘秉忠七言绝句《山洞桃花》"山村路僻客来稀，红杏梢头挂酒旗。洞里桃花人不见，春心春色只春知"。显然，唐寅借鉴了刘秉忠的诗句。

元妃省亲时，林黛玉替贾宝玉写了《杏帘在望》："杏帘招客饮，在望有山庄。菱荇鹅儿水，桑榆燕子梁。一畦春韭绿，十里稻花香。盛世无饥馁，何须耕织忙。"

此诗并不难解。"杏帘"二句，帘，酒店作为标志的旗帜，"杏帘"从"红杏梢头挂酒旗"而来。招，说帘飘如招手。这一联分题目为两句，浑然天成。以下六句即从"客"的所见所感来写。"菱荇"二句，种着菱荇的湖水是鹅儿戏水的地方，桑树榆树的枝叶正是燕子筑巢的屋梁。荇，荇菜，水生，嫩叶可食。语法上全用名词组合，是"鸡声茅店月"的句法。鹅儿成群戏水，燕子衔泥穿树，不需费辞，已在想象之中。"一畦"二句，指田园中划分成块的种植地。书中说元春看了诗后"遂将'浣葛山庄'改为'稻香村'"。"稻香村"之名本前宝玉所拟，当时曾遭贾政"一声断喝"斥之为胡说，现在一经贵妃娘娘说好，"贾政等看了都称颂不已"。"盛世"二句，大观园中虽有点缀景色的田庄，却并无耕织之事，所以诗歌顺水推舟说，有田庄而无人耕织不必奇怪，现在不是太平盛世吗？既然没有饿肚皮的人，又何用忙忙碌碌地耕织呢？一个出题，一个作诗，水乳交融，天衣无缝，知己如此，堪称绝配。

那么，情急之下，宝玉写下的"新涨绿添浣葛处，好云香护采芹人"一联又是什么含义呢？

上联"新涨绿添浣葛处"："新涨"指春水；"浣葛"典出《诗经·周南·葛覃》"言告师氏，言告言归，薄污我私，薄浣我衣，浣害浣否？归宁父母"，是写新妇浣净葛衣才回娘家，借"薄浣我衣"句意，颂扬元春"后妃之德"。想想看，民间的女子想回娘家了，告知家人，洗完衣服，就回了，一举一动都自自然然，无拘无束，读之一股清新之气扑面而来。但这里喻指元春归省，那么元春归省什么样呢？《红楼梦》中载：归宁一事浩浩荡荡，元春乘着绣凤版舆，缓缓而来，大观园里，帐舞蟠龙，帘飞彩凤，鼎焚百合之香，瓶插长春之蕊，一派富贵景象。

下联"好云香护采芹人"：好云，指此处几百株"如喷火蒸霞一般"的杏花，喻指元妃；"采芹"出自《诗经·鲁颂·泮水》的"思乐泮水，薄采其芹"。泮水指泮宫之水，而泮宫指学宫，后人把考中秀才入学为生员，叫作"入泮"或"采芹"。"采芹人"指读书人。这一句的意思就是：贵为皇妃的元春如祥云一般庇护着贾府的读书人。

所以，"新涨绿添浣葛处，好云香护采芹人"一联的意思就是：新近涨起来的春水使浣葛之处漫起了绿意；皇妃的恩泽像祥云一样，庇护了贾家的读书人，使他们飞黄腾达。

也有人说，"新涨绿添浣葛处，好云香护采芹人"这副对联是曹公借贾宝玉之口赞美李纨的，是曹雪芹对《红楼梦》中女性、对母亲的最高评价。

从小说中可以看出，李纨丧偶之后，"居家处膏粱锦绣之中，竟如槁木死灰一般，一概无见无闻，唯知侍亲养子，外则陪侍小姑等针黹诵读而已"。也就是说，丈夫早逝后，李纨在贾府主要干两件事，而且干得很漂亮：一是教导儿子贾兰，二是照顾小姑子们。

君笺雅先生说，李纨是不幸的，没有一个女人愿意像李纨一样年纪轻轻守寡，成为未亡人；但李纨又是幸运的，贾珠早逝却给她留下一个儿子贾兰，教养儿子，让其成才，让她在不幸的婚姻中依旧找到了人生的韶华：没有机会成为贤妻，但她可以成为良母。丈夫贾珠死后，儿子尚幼，生活在这样一个大家族，孤儿寡母的生存环境着实险恶，李纨希望平平稳稳地将儿子抚养成人，也望子成龙心切，把全部精力都投入到对贾兰的培养上，希望儿子将来获取功名，母以子贵，也好告慰逝去的夫君。她对贾兰的培养是全方位的，不仅督促他读圣贤书，为科举考试做案头准备，还安排他习武，要他能文能武。在第二十六回，宝玉在大观园里闲逛，顺着沁芳溪看了一回金鱼，这时候，忽然那边山坡上两只小鹿箭也似的跑了过来，打破了诗意。小鹿为什么惊慌失措？宝玉正自纳闷，只见贾兰在后面拿着一张小弓追了下来，一见宝玉在面前，就站住了，跟宝玉打招呼。宝玉责备他淘气，问好好的射它干什么。贾兰怎么回答的，记得吗？说是"这会子不念书，闲着作什么？所以演习演习骑射"。贾家抄家败亡后，一贫如洗，而贾兰却因着李纨的多年教导，最终"光灿灿胸悬金印""威赫赫爵禄高登"。

　　李纨照顾小姑子们也很成功。当元春让姐妹们搬进大观园的时候李纨也跟了进去，目的就是负责照看这些小姑子们。贾琏的跟班兴儿曾跟尤二姐说过李纨的情况："妙在姑娘又多，只把姑娘们交给他，看书写字，学针线，学道理，这是他的责任。除此问事不知，说事不管。"

　　作为荣国府的长孙媳，按理应该是由李纨来管家，

179

但李纨避开锋芒，藏拙守分，远离是非，倒是愿意承担管好小姑子们的责任。是李纨没有管家的才能吗？未必。在后面的五十五、五十六回，凤姐生病期间，由李纨、探春、宝钗三人联合管家。从描述中能看出，李纨是有一定的管家才能的。她不管家，这正是她的聪明之处。

住进大观园之后，李纨参与创建诗社，并自告奋勇当社长，又任命了迎春、惜春做副社长，安排任务，起雅号，立规矩，又拉了凤姐的赞助。李纨仿佛完全变了一个人，她的热情似乎重新被点燃，和以往的"槁木死灰一般"有了明显的不同，人们经常可以看见她的笑容，听见她的笑声。她擅长评诗，偶尔也参与写诗，显得活跃异常。她以主人公的态度与热情对待诗社的一切活动，使得大观园诗社有条不紊地进行下去，为大观园女儿的理想生活提供了保障。

众姐妹在一起时，没了礼法的束缚，李纨便显得格外活泼，亦不乏幽默。如第六十三回宝玉过生日，到了晚间，大观园群芳开夜宴，李纨笑道："有何妨碍？一年之中不过生日节间如此，并不夜夜如此，这倒也不怕。"不仅如此，她甚至还和湘云等人一起强死强活地灌探春喝酒。这时的李纨已忘记自己的特殊身份，忘了那束缚人的礼教，于是一个充满活力的青春女性形象便展现在我们眼前。

李纨是个尚德不尚才的人，但她公私分明，公平公正。如评海棠诗时认为"论含蓄浑厚，终让蘅稿"，评菊花诗时则是"推潇湘妃子为魁"。

李纨还是有情有义的人。高氏续本第九十八回黛死钗嫁，最后陪在黛玉身边的正是紫鹃、探春、李纨三人，原文写道"把个李纨和紫鹃哭的死去活来""李纨探春想他素日的可疼，今日更加可怜，也便伤心痛哭"。凤姐道："还倒是你们两个可怜他些。"

按照惯例，我们最后来看看金陵十二钗正册对李纨命运的设计与安排——

画：画着一盆茂兰，旁有一位凤冠霞帔的美人。

判词：桃李春风结子完，到头谁似一盆兰。如冰水好空相妒，枉与他人作笑谈。

解读：

画：茂兰，指贾兰中举显贵。凤冠，一种礼冠，皇后、宫妃、诰命所戴。霞帔，宋以后定为诰命披服，随品级高低而不同，明代九品以上之命妇皆用之。这画面表示贾兰中举做了高官，李纨成了诰命夫人。

判词："桃李春风结子完"，李，切李纨的姓；完，以同音切李纨的名。这句比喻李纨生贾兰后即丧夫守寡，如同桃花李花结了果实，春色也就完了一样。"到头谁似一盆兰"：兰，本意是兰草之类的植物，此处的兰和

画中的茂兰皆暗示贾兰。一盆兰，贾府子孙后来都不行了，只有贾兰"爵禄高登"，做母亲的也因此显贵。"如冰水好空相妒"：如冰水好，比喻生和死是紧密相依的。《淮南子·俶真训》："夫水向冬则凝而为冰，冰迎春则泮而为水，冰水移易于前后，若周员面趋，孰暇知其所苦乐乎？"唐代诗僧寒山《无题》诗云："欲识生死譬，且将冰水比。水结即成冰，冰消返成水。已死必应生，出生还复死。冰水不相伤，生死还双美。"这句话意谓：生死荣枯，都是变化交替的。"枉与他人作笑谈"：李纨一生奉行三从四德，晚年虽然诰命加身，也只不过得了个虚名儿，白白地成了人家的笑谈。

古代女性要遵守"三从四德"，贤良淑德，才堪为贤妻良母。李纨青春丧偶，寡居守节，上敬尊长，下抚幼子，在贾府之中也算是有口皆碑。然而她亦早已失去了所有女性该有的光彩和激情，她的余生就是把自己活成一座活的贞节牌坊。

李纨唯一的一次荣显，是贾兰金榜题名时，曲词里说"气昂昂头戴簪缨，光灿灿腰悬金印，威赫赫爵禄高登"。她终于能够"带珠冠，披凤袄"，然而却"抵不了无常性命"，不久之后，便"昏惨惨黄泉路近"。

作者对李纨这个角色是同情的，他笔下的李纨既是贤妻良母，也是一个典型的封建社会"三从四德"的牺牲品。正如一位作者的述评：她是深巷中一泓无波的古井，她是暮霭里一声悠扬的晚钟。那古井，那晚钟，沉静，从容，却也沧桑，可悲可叹。

新涨绿添浣葛处　好云香护采芹人

秦可卿

世事洞明皆学问
人情练达即文章

"世事洞明皆学问，人情练达即文章"出自《红楼梦》第五回。对联挂在贾蓉和秦可卿的上房内间，中间是一幅《燃藜图》。其实，贾蓉、秦可卿房间还有另外一幅画和一副对联，那就是《海棠春睡图》和"嫩寒锁梦因春冷，芳气笼人是酒香"。

且让笔者慢慢道来——

《红楼梦》第五回题为《游幻境指迷十二钗　饮仙醪曲演红楼梦》。该回载，因东边宁国府会芳园里的梅花盛开，贾母、邢夫人、王夫人等人受尤氏及秦氏的邀请，来到宁国府赏花喝酒游玩。中午时分，贾宝玉像往常一样要睡午觉。一开始，贾母打算让李嬷嬷等人将宝玉送到他在荣国府的房间午睡，但秦可卿自告奋勇地说道："我们这里有给宝叔收拾下的屋子，老祖宗放心，只管交与我就是了。"贾母听了，便放心地将宝玉交给她去安排。

秦可卿何许人也？她是《红楼梦》中的重要人物，

金陵十二钗之一，是贾宝玉的侄媳妇，宁国府贾蓉之妻。秦可卿是营缮司郎中秦业从养生堂抱养的弃婴，之后秦业五旬之上生了秦钟，秦钟也就是秦可卿无血缘的弟弟。秦业为官清廉，宦囊羞涩，家境清寒，但十分重视对秦可卿姊弟俩的教育。秦可卿袅娜纤巧，性格风流，行事温柔平和，深得贾母等人的欢心，是贾母"重孙媳中第一得意之人"。

在警幻仙界清净女儿之境，秦可卿是太虚幻境之主警幻仙子的妹妹，表字可卿，乳名兼美，其鲜艳妩媚有似宝钗、风流袅娜又如黛玉，兼具钗黛之美。可卿原是个钟情的首座，在警幻仙子座下管的是风情月债，在贾宝玉梦游太虚幻境时，被警幻仙子许配给贾宝玉，教他云雨之事。

秦可卿青年早夭，离世前魂托凤姐，告其"月满则亏，水满则溢"和"登高必跌重"的道理以警示贾府兴亡。离世后，贾府为她举行了极其奢华的丧礼。

我们接着说贾宝玉午睡的事儿。

话说秦可卿带着宝玉以及嬷嬷丫鬟们来到宁国府的上房内间，宝玉见室中挂着一幅《燃藜图》，"心中便有些不快"，又见有一副对联"世事洞明皆学问，人情练达即文章"，便连叫："快出去！快出去！"说什么也不在这个房间睡了。秦可卿只好把他带到了自己的闺房里休息。

贾宝玉为什么不喜欢《燃藜图》和这副对联呢？据专家查证，《燃藜图》典出《拾遗记》，说的是西汉帝室之胄、汉高祖异母兄弟楚元王刘交玄孙刘向的一段"仙缘"：汉成帝末，刘向在天禄阁校书，"夜有老人，著黄衣，植青藜杖，登阁而进，见向暗中独坐诵书。老人乃吹杖端，烟燃，因以见向，说开辟已前。向因受'洪范五行'之文，恐辞说繁广忘之，乃裂裳及绅，以记其言"。说的是什么意思呢？刘向夜间校书，忽然来了一位穿着黄衣裳、拄着青藜杖的老人。这个老人见刘向在黑暗中读书，便吹燃了手中的青藜杖，与刘向相见。这个燃藜老人给刘向讲授"开辟鸿蒙"之前的事情，刘向因此学到了"洪范五行"的知识。按，"洪范"出自《尚书》，刘向曾作《洪范五行传论》，宣扬儒家价值观。

那么，贾宝玉为什么不喜欢"世事洞明皆学问，人情练达即文章"这副对联呢？

先看上联"世事洞明皆学问"：洞明，洞悉明白。所谓"世事洞明"，就是洞察世情，明晓为人处世之道。这样，上联的意思就可以解读为：洞察事理人情，这是一门大学问。

再看下联"人情练达即文章"：练达，老练通达。"人情练达"，就是明白人与人交往的规则，游刃有余地处理好各种关系。所以下联的意思可以解读为：通晓人情世故，处世老练圆滑，也是一篇大文章。

有分析说，贾宝玉之所以不喜欢这副对联，是因为他很天真、很单纯。这未免也太小看贾宝玉了。也有人认为，宝玉不喜欢太世故的人，对世道也有所不满。他不喜欢这副对联，是因为对联道学气息太重，陈腔滥调，俗不可耐，迂腐不堪。这当然是有道理的。事实上，这副对联说懂得人情世故比读书作文章还要重要，是作为劝学"仕途经济"的格言出现的，常被后人引用。

当然，贾宝玉不喜欢，不代表别人不喜欢。前面已有介绍，秦可卿是宁国府的少奶奶，为人简直堪称完美，她不仅有地位，更有满满的人格魅力，长得漂亮，性情又温柔，贾府上下就没有不喜欢她的人。贾母对秦可卿的认可和喜爱甚至比凤姐也不差。

在宁国府里，秦可卿也受到贾珍和尤氏的疼爱，把她当作女儿一般。女强人凤姐都逃脱不了婆媳难题，每每被小门小户出身的邢夫人刁难，秦可卿却完全不必担心。更令人匪夷所思的是，秦可卿娘家并不是什么大户人家，她算是高嫁了，但她却赢得了上下一致的好评，不仅说明其个人条件之出众，更可以看出她的聪明过人，善于交际。这与她受过良好的教育，深谙"世事洞明皆学问，人情练达即文章"的奥秘是分不开的。

我们接着说说秦可卿房间里的另一幅画和对联——

话说贾宝玉刚进秦可卿的卧房，"便有一股细细的甜香袭人而来，宝玉觉得眼饧骨软，连说'好香'"。紧接着，宝玉向壁上看时，看见了唐伯虎画的《海棠春睡图》，两边有宋学士秦太虚写的一副对联："嫩寒锁梦因春冷，芳气笼人是酒香。"

接着，作者详细地描写了室内的陈设："案上设着武则天当日镜室中设的宝镜。一边摆着飞燕立着舞过的金盘，盘内盛着安禄山掷过伤了太真乳的木瓜。上面设着寿昌公主于含章殿下卧的榻（按，应指南朝宋武帝刘裕的女儿寿阳公主），悬的是同昌公主（唐懿宗的女儿）制的联珠帐。"还有"西子浣过的纱衾""红娘抱过的鸳枕"等等，无一不充满着香艳气息。这回，贾宝玉含笑连说："这里好!"于是，"众奶母伏侍宝玉卧好，款款散了"。

宝玉为什么喜欢秦可卿和贾蓉的这个"温柔之乡"？秦可卿说了："我这屋子，大约神仙也可以住得了。"

专家考证，《海棠春睡图》出自一则杨贵妃的典故："上皇登沉香亭，诏太真妃子。妃子时卯醉未醒，命力士从侍儿扶掖而至。妃子醉颜残妆，鬓乱钗横，不能再拜。上皇笑曰：'岂是妃子醉，真海棠睡未足耳。'"

翻译一下：有一次唐明皇李隆基召杨贵妃一起登沉

香亭，当时贵妃晨醉未醒，妆饰不整，见了李隆基也不能好好行礼。李隆基笑了，因为这个似醒非醒的面容，真是美得无与伦比，就像盛开的海棠花一样。

唐代诗人白居易在他的《长恨歌》里，也描绘了这样的场景："春寒赐浴华清池，温泉水滑洗凝脂。侍儿扶起娇无力，始是新承恩泽时。云鬓花颜金步摇，芙蓉帐暖度春宵。春宵苦短日高起，从此君王不早朝……"

据说明代风流才子唐寅据此画了一幅《海棠美人图》，现无考。但唐寅的《六如居士全集》卷三有《题海棠美人》诗云："褪尽东风满面妆，可怜蝶粉与蜂狂。自今意思谁能说，一片春心付海棠。"唐寅是江南四大才子之一，少年时学画于周臣，后结交沈周、文徵明、祝允明、徐祯卿等，诗、文、画俱佳。他擅长画人物，特别以仕女画见长。

现在我们来看看秦可卿卧室内的这副对联："嫩寒锁梦因春冷，芳气笼人是酒香。"

这副对联，曹雪芹说是北宋词人秦太虚写的。秦太虚是谁？就是传说中"苏小妹三难新郎"的那个新郎秦观，字少游，一字太虚，元丰八年（1085 年）进士，北宋文学家、词人，别号淮海居士，苏门四学士之一。词风婉约感伤，多写情爱。他最为著名的一首词《鹊桥仙》，其中有两句"两情若是久长时，又岂在朝朝暮暮"

192

为千古名句，尽人皆知。

但后世不少研究者查证秦观生平诗文，其中并无"嫩寒锁梦"这句，而且，楹联盛行于明清时期，北宋时极罕见，故曹公说这副对联是秦观所写这一说法并不靠谱。这个暂且不说，我们先来看看这副对联的寓意。

先看上联"嫩寒锁梦因春冷"。嫩寒：轻寒，微寒。锁梦：不成梦，睡不着觉。唐·齐己《城中示友人》诗："重城不锁梦，每夜自归山。"春冷：春寒料峭，备感冷清。这句话的意思就是：春天已至，轻寒犹在，寂寞清冷，令人难以入眠。

再看下联"芳气笼人是酒香"：芳气，香气。笼人，将人笼罩住。诸本多将"芳气笼人"作"芳气袭人"，但专家根据平仄韵律以及上下联之意，认为还是"笼人"合适。如此，下联也好理解，说的是美酒的香气缭绕，将人也笼罩在这酒香之中。

对联描绘的无疑是一个颇具诱惑力的情景。事实上，对于上联"嫩寒锁梦因春冷"，脂砚斋评为"艳极、淫极"。不过您可千万别误会，按照当时的语境，这"艳极、淫极"绝不是说这对联淫荡、艳情，而是指辞藻华丽秾艳、词意缠绵悱恻而已，属不入正统士大夫法眼的"靡靡之音，淫词滥调"。就像《红楼梦》第二十三回贾政评宝玉为袭人取名。"袭人"出自南宋爱国诗人陆游

的《村居书喜》，全诗为："红桥梅市晓山横，白塔樊江春水生。花气袭人知骤暖，鹊声穿树喜新晴。坊场酒贱贫犹醉，原野泥深老亦耕。最喜先期官赋足，经年无吏叩柴荆。"贾政说："究竟也无碍，又何用改。只是可见宝玉不务正，专在这些浓词艳赋上作工夫。""嫩寒锁梦因春冷，芳气笼人是酒香"也不过就是"浓词艳赋"。由此也说明，秦可卿房中的这对联无伤大雅，属于婚房内的"旖旎布置"。

"芳气笼人是酒香"处也有脂批曰："已入梦境矣。"说的是贾宝玉在秦可卿的房中睡觉，已经进入"太虚幻境"了。由此不难理解，为什么对联明明不是秦太虚所作，而曹雪芹非要假托秦太虚所拟了。我们认为，其中的目的有两个：一个是化用"秦太虚"之姓暗指秦可卿，用其名暗指"太虚幻境"；另一个是利用这副对联，为宝玉接下来午睡神游太虚幻境营造一个香艳的氛围。

进入太虚幻境，门上有一"孽海情天"的匾额，作者实际上是借幻境来说人世间的爱恨情仇、风花雪月之多。而警幻仙子受宁、荣二公之托，要完成的任务就是教化冥顽不灵的贾宝玉，让他从声色的诱惑中解脱出来，走上正途，传承基业。

这教化之责从何而来？怎么教化？警幻仙子在太虚幻境跟姐妹们说得很详尽：宁、荣二公之灵曾托付警幻，贾家"自国朝定鼎以来，功名奕世，富贵传流，虽历百年，奈运终数尽，不可挽回。故遗之子孙虽多，竟无一可以继业。其中惟嫡孙宝玉一人，禀性乖张，生情怪谲，虽聪明灵慧，略可望成，无奈吾家运数合终，恐无人规引入正"，所以希望警幻"先以情欲声色等事警其痴顽，或能使彼跳出迷人圈子，然后入于正路"。警幻遵嘱，"先以彼家上、中、下三等女子之终身册籍，令彼熟玩，尚未觉悟"，故将宝玉带到太虚幻境，"令其再历饮馔声色之幻，或冀将来一悟，亦未可知也"。

那么，这宁府的秦可卿和宝玉梦里太虚幻境的可卿到底是什么关系呢？

我们在前面已经介绍过，秦可卿有双重身份，她既是尘世中宁国府的秦可卿，也是太虚幻境里的可卿。宁国府里的秦可卿要通过闺房的香艳氛围，引宝玉梦入太虚幻境；太虚幻境的秦可卿要听从其姐警幻仙子的安排，通过云雨之事实现帮助教化宝玉的目的。

在太虚幻境，警幻仙姑果真带宝玉在"孽海情天"走了一圈，令其品饮仙醪"千红一窟""万艳同杯"，欣赏新制《红楼梦》曲子十二支，随后又将其妹可卿许配给宝玉，并秘授以云雨之事，欲使宝玉从此"改悟前情，留意于孔孟之间，委身于经济之道"。

我们知道，林黛玉、薛宝钗、秦可卿，这三个女人

对于贾宝玉来说都有特别的意义。林、薛两个自不必说，秦可卿则是在虚实之间、真幻之境指引他识风月、通人事之人。俞平伯先生在《论秦可卿之死》一文中说："可卿之在十二钗，占重要之位置；故首以钗黛，而终之以可卿。第五回太虚幻境中之可卿，'鲜艳妩媚有似乎宝钗，风流袅娜则又如黛玉'，则可卿直兼二人之长矣。此等写法，明为钗黛作一合影。"所以，听闻秦可卿之死，贾宝玉"只觉心中似戳了一刀的不忍，哇的一声，直喷出一口血来"，并且当时就要过去吊唁，其中种种，不可为外人道也。

有关对联，我们先解读到这儿。依照惯例，我们最后来解析《红楼梦》中关于秦可卿的判词和命运——

画：高楼大厦，有一美人悬梁自缢。

有关秦可卿的死，《红楼梦》第十三回中有这么一段话：王熙凤在梦中听完秦可卿一番警示叮嘱之后，"还欲问时，只听得二门上传事云板连叩四下，将凤姐惊醒。人回：东府蓉大奶奶没了"。秦可卿是怎么死的，始终有争议。

争议集中于两种：一是因病而死，二是自缢而亡。

有关秦可卿因病而死的说法，源于《红楼梦》今本中的情节：秦可卿患病卧床，而且病情每况愈下，最后在一个夜晚突然去世。但原文以及脂砚斋的批语都在暗示这个结局是经过修改的，比如《红楼梦》原文中，秦可卿去世，书中记载贾府众人的反应是："合家皆知，无不纳罕，都有些疑心。"众人的反应已经暗示得很清楚了，秦可卿的病情并没有严重到骤然病逝的地步，甚至在经过第十一回"张太医论病细穷源"后，已经有所好转，可眼下却突然病逝，所以众人才觉得奇怪。

更有说服力的证据则是《红楼梦》第十三回脂砚斋的批语："'秦可卿淫丧天香楼'，作者用史笔也。老朽因有魂托凤姐贾家后事二件，岂是安富尊荣坐享人能想得到处？其事虽未行，其言其意则令人悲切感服，姑赦之。因命芹溪删去。"甲戌本《红楼梦》第十三回前也批注："隐去天香楼一节，是不忍下笔也。"靖藏本《红楼梦》第十三回批语："可从此批。通回将可卿如何死故隐去，是余大发慈悲也。"作者之所以隐去秦可卿天香楼一节，是因为不忍心。脂砚斋的批语说得再清楚不过了，秦可卿的病逝是假，真正的死因是"淫丧"。

更重要的是，秦可卿病逝的说法与第五回中的判词图画自相矛盾，难以自圆其说。很多人认为秦可卿是自缢而死的，直接证据就是秦可卿判词中的画。画中画着高楼大厦，有一美人悬梁自尽。高楼就是天香楼，美人就是秦可卿。1987 版电视剧《红楼梦》也采用了这种说法，拍出了原作中删去的这一情节。

判词：情天情海幻情身，情既相逢必主淫。漫言不肖皆荣出，造衅开端实在宁。

排除了秦可卿病死的可能性，那么，我们就要弄清秦可卿为什么要自缢？对此，历来也存在很多猜测，但主要的有两种：

一种以1987版《红楼梦》为代表，认为秦可卿淫丧天香楼，是因为她和贾珍暗中幽会，结果被贴身丫鬟瑞珠觉察，秦可卿怕丑闻败露，选择在天香楼结束自己的生命。

按照这个逻辑，我们不得不接受这样一个事实，那就是"情既相逢必主淫"的"相逢"，指的是贾珍与秦可卿发生了乱伦关系，这也就验证了秦可卿当初那一句"心病难医"的无奈。她并非病死，而是在与贾珍偷情时，由于被侍女撞破而选择了上吊自杀。

秦可卿死后，她的丫鬟瑞珠也触柱而亡，"贾珍遂以孙女之礼敛殡，一并停灵于会芳园中之登仙阁"。瑞珠为什么要死？人们猜测多半是因为瑞珠担心自己无意中发现了贾珍对秦可卿做的有违常伦的事，事后会被贾珍所害，所以不得不自尽。另一小丫鬟宝珠，因见秦氏身无所出，也甘心愿为义女，"誓任摔丧驾灵之任"。不难理解，宝珠此举也是为了保护自己。知情者都有可能会被灭口，所以可卿的两个丫头，一个自尽，一个愿为守孝。

由此，我们可以对秦可卿之死做这样一个推论：秦可卿嫁入贾家，然后与贾珍发生乱伦关系——丫头瑞珠在某一天撞见贾珍和秦可卿正在偷情——秦可卿觉得无脸见人，在天香楼"自缢而死"——瑞珠闯了大祸，在贾珍的威胁下"触柱而亡"，宝珠做了守灵的孝女。

但笔者以为，这种推理，并不一定成立。《红楼梦》第七回中，焦大醉酒，就曾骂道"爬灰的爬灰"，且是当着王熙凤、贾宝玉以及尤氏、秦可卿的面骂出来的，焦大早已不被重用，连他都得知了，可见流言已经流传颇广，既被当众揭穿，秦可卿为何当时不自尽，而是到了第十三回才骤然自尽呢？

为了说明问题，我们来解读一下上述的判词。"情天情海幻情身"一句："情天情海"，指男女之情，深而广，说不清，道不明。意同太虚幻境宫门上匾额"孽海情天"，是借幻境说人世间风月情多。"幻"在这里是动词，与"幻形入世""幻来亲就臭皮囊"用法相同。"幻情身"，幻化出一个象征着风月之情的女身，暗示警幻仙姑称为"吾妹"的仙姬，就是秦可卿所幻化的形象。"情既相逢必主淫"一句，笔者以为是揭露贾珍对儿媳妇秦可卿有非分之想。最后两句"漫言不肖皆荣出，造衅开端实在宁"两句是说，莫说不肖子弟都来自荣国

199

府，开头造成祸患的肇事者实在是宁国府的人，这实际上直接指明秦可卿是因为被贾珍胁迫奸淫而自尽的。

有人说，秦可卿面对贾珍的骚扰甚至强暴为什么不拒绝，这未免有些想当然了。在当时的社会背景下，秦可卿虽然名义上是宁国府嫡长孙媳，但她娘家官职不高，家境清寒，且老父年迈，弱弟年幼，还要在贾家家塾附学，颇有倚仗贾府之处。贾珍是宁府当家人，其父贾敬耽于炼丹神仙之术，早早撇了家室，"箕裘颓堕皆从敬"，其妻尤氏作为继室，"又没才干，又没口齿，锯了嘴子的葫芦，就只会一味瞎小心图贤良的名儿"，于是，阖府上下竟无人能约束得了贾珍，他若强行非礼，秦可卿又能如何反抗呢？非要说的话，自缢而死已经是她最惨烈的反抗手段了。

我们从《红楼梦》中各方对秦可卿人品的肯定也可窥见端倪。曹雪芹在书中明确说秦可卿是贾母心中重孙媳妇第一得意之人。就是王熙凤这"行事比世人都大"的能人，轻易不会把谁放在眼里的，却和秦可卿最相亲厚，足见秦氏之为人与能力。她甚至因为没有血缘关系的弟弟在学校和别人传出不好听的话就气得生病，这样爱惜自己羽毛的女人，又怎么可能容忍自己在行为上出现一点纰漏甚至不端？

曲子：画梁春尽落香尘。擅风情，秉月貌，便是败

200

家的根本。箕裘颓堕皆从敬，家事消亡首罪宁。宿孽总因情。

翻遍《红楼梦》所有版本，除了说秦可卿"擅风情，秉月貌"，并无一字直接说秦可卿是淫荡之人。她用死反抗贾珍的暴行，曹雪芹通过"造衅开端实在宁"明明白白指出来了。

秦可卿是十二钗中最早死去的一个，在第十三回，故事刚刚展开，她的生命便走到了尽头，但她的才华、见识与能力却远远超越了她的身份。她生得袅娜纤巧，行事温柔和平，上上下下无不宾服赞叹。她死时给凤姐托梦的言语，令脂砚斋都为之钦敬动容。她的身后哀荣，更是"恣意奢华"，场面之大，描绘之细，堪称全书中的第一处高潮。

关于秦可卿的章节，由于作者几番删改，加之故意模糊，使得前后存在矛盾不通之处。这种似有意似无意的安排，使得秦可卿这个人物格外增加了许多神秘的色彩。历来红学研究者和爱好者对此都有各自不同的见解，但无论怎么样，都不能否认秦可卿是一个悲情的女人，是封建男权社会下被压迫、被剥削、被牺牲的典型代表。至于她在读者的心目中到底是一个什么样的女人，相信每一个读者也都有自己的评判。

绕堤柳借三篙翠　隔岸花分一脉香

——见证贾宝玉、林黛玉纯洁爱情的沁芳桥

　　"绕堤柳借三篙翠，隔岸花分一脉香"，是《红楼梦》大观园沁芳亭上的对联，乃贾宝玉所题。

　　《红楼梦》中的沁芳桥，在第十七回"大观园试才题对额"中首次亮相。它在大观园中轴线上，是进入大观园后的第一座桥。书中载，大观园造成后，贾政感觉："偌大景致，若干亭榭，无字标题，也觉寥落无趣，任有花柳山水，也断不能生色。"他又闻塾师赞宝玉对对联有歪才情，便在带门下清客参观大观园时叫上宝玉，命他为大观园各处景观拟匾。在沁芳桥畔，贾政一行所见："俯而视之，则清溪泻雪，石磴穿云，白石为栏，环抱为沿，石桥三港，兽面衔吐。桥上有亭。"就在这次试才题对额活动中，贾宝玉为该亭题了名，并拟了一副经典对联。

题名拟对的经过大体是这样的：贾政与诸人上了亭子，倚栏坐了，便向众位清客征名。结果有人说可沿用欧阳修《醉翁亭记》中的"有亭翼然"，起名"翼然"；贾政则提出借用欧阳修的"泻出于两峰之间"，有人便取名"泻玉"。但宝玉觉得用此等字眼粗陋不雅，宜用"较此蕴藉含蓄者"。他提出："有用'泻玉'二字，则莫若'沁芳'二字。"众人都赞宝玉才情不凡。贾政道："匾上二字容易，再作一副七言对联来。"宝玉听说，立于亭上，四顾一望，便机上心来，乃念道："绕堤柳借三篙翠，隔岸花分一脉香。"在这次游园中，尽管贾政口头上对宝玉题的匾额和对联加以指责，但其实心中还是比较满意的。当然，贾宝玉的文采也可见一斑。

熟读过《红楼梦》的读者不会不知道，这沁芳桥其实是联系怡红院与潇湘馆的纽带，宝玉与黛玉往来常常经过这座桥。可以说，沁芳桥和沁芳亭，也是贾宝玉和林黛玉这对痴情男女爱情的见证。

《红楼梦》第二十三回《西厢记妙词通戏语　牡丹亭艳曲警芳心》讲述了宝玉和黛玉在一起看书的故事：

> 早饭后，宝玉携了一套《会真记》，走到沁芳闸桥边桃花底下一块石上坐着，展开《会真记》，从头细玩……只听背后有人说道："你

在这里作什么？"宝玉一回头，却是林黛玉来了……宝玉笑道："待我放下书，帮你来收拾。"黛玉道："什么书？"宝玉见问……一面递了过去。林黛玉把花具且都放下，接书来瞧，从头看去，越看越爱看，不到一顿饭工夫，将十六出俱已看完，自觉词藻警人，余香满口。

……

宝玉笑道："我就是个'多愁多病身'，你就是那'倾国倾城貌'。"林黛玉听了，不觉带腮连耳通红，登时直竖起两道似蹙非蹙的眉，瞪了两只似睁非睁的眼，微腮带怒，薄面含嗔，指宝玉道："你这该死的胡说！好好的把这淫词艳曲弄了来，还学了这些混话来欺负我。我告诉舅舅舅母去。"……宝玉着了急，向前拦住说道："好妹妹，……若有心欺负你，明儿我掉在池子里，教个癞头鼋吞了去，变个大忘八，等你明儿做了'一品夫人'病老归西的时候，我往你坟上替你驮一辈子的碑去。"说的林黛玉嗤的一声笑了……

当然，沁芳桥不只见证了宝黛的爱情故事，也记录了宝玉与大观园里众姐妹的深情厚谊。比如，《红楼梦》

第六十三回里载，那日，宝玉在去栊翠庵的路上与岫烟在沁芳亭相遇。宝玉正为"槛外人"之事百思不得其解，结果却是岫烟为他解了谜。事情是这样的：宝玉生日时意外收到了妙玉署名"槛外人"的一张帖子，他正为回帖上如何署名发愁。据说，"这个帖子，就算宝玉拿去问与妙玉交情不浅的黛玉，也未必能遂她的心"。可巧在这沁芳亭，宝玉遇上了岫烟。结果在岫烟的指点下，署了"槛内人"，方合了妙玉心思。

岫烟是谁？是《红楼梦》中邢忠夫妇的女儿，邢夫人的侄女。每个人的出身是不能选择的，"三春"是国公府的小姐，地位在那里，湘云是侯府千金，黛玉是探花女儿，宝琴、宝钗是皇商女儿，而李家姐妹是书香门第。只有她，少年时家道贫寒，家里租的是妙玉修行的寺庙里的房子，曾与妙玉做过十年邻居。岫烟有心，机敏懂事，结识了妙玉，妙玉是何等人，气质美如兰，才华过人。妙玉教授她功课，一教多年。腹有诗书气自华，知识涵养了岫烟的底蕴，给了她底气。后来，岫烟一家人前来投奔邢夫人，就在大观园迎春的住处紫菱洲住下，诸事受困于钱财，姑母不慈，父母不谅，下人刁难，但她不怨不尤，不卑不亢，从容自若，为人雅重。岫烟与妙玉在大观园重逢后，常相过往，所以，岫烟对妙玉的心思了然于胸。

妙玉是喜欢宝玉的，否则作为一个带发修行的女子，是不会在他生辰时送拜帖的。而拜帖上署名"槛外人"，其意或许是想试探宝玉学识品行。倘若宝玉不得其解，胡乱写个"怡红公子"的回帖送了过去，妙玉必然看轻了他。巧遇岫烟，并为他揭开了谜底，妙玉是不知道的。见到宝玉"槛内人"的回帖，妙玉该是何等的欣喜，我们不得而知。

难怪宝玉赞扬岫烟："怪道姐姐举止言谈，超然如野鹤闲云，原本有来历。"听了宝玉这话，岫烟且只顾用眼上下细细打量了半日，方笑道："怪道俗语说的'闻名不如见面'，又怪不得妙玉竟下这帖子给你，又怪不得上年竟给你那些梅花。"个中含意，不言可喻。

闲言少话，我们现在来解读匾额"沁芳"与对联"绕堤柳借三篙翠，隔岸花分一脉香"。

匾额"沁芳"：沁，渗入、浸润；芳，花卉，花草的香气。我们再来看看小说第十七回"大观园试才题对额"有关宝玉题名的情境："说着，进入石洞来，只见佳木茏葱，奇花炳灼，一带清流，从花木深处曲折泻于石隙之下……""引客行来，至一大桥前，见水如晶帘一般奔入。原来这桥边便是通外河之闸，引泉而入者。贾政因问：'此闸何名？'宝玉道：'此乃沁芳泉之正源，就名"沁芳闸"。'"

小说载，大观园的一条命脉是沁芳溪，而所有轩馆景色都是沿着此溪的曲折而布置的，是故沁芳亭、沁芳桥、沁芳闸，都采此名。此名何义？王实甫在《西厢记》里给崔莺莺安排的第一处曲子《赏花时》，她唱道是："可正是人值残春蒲郡东，门掩重关萧寺中。花落水流红，闲愁万种，无语怨东风。"好一句"花落水流红"！这"沁芳"点的不正是这个意境吗？

　　对联"绕堤柳借三篙翠，隔岸花分一脉香"：三篙：指水的深度；一脉：指溪流之形状。"篙"是指划船用的船桨，"三篙"是形容水很深，有三个船桨连起来那么深；"一脉"是指河水的形状是狭长的，就像山脉一样蜿蜒曲折。这副对联是写水的，但妙在不着一个"水"字，全是借"绕堤""隔岸"点出溪水，借"三篙""一脉"点出水深、溪形，把水色、水质、四周环境氛围糅合在一起来写，构成一幅柳映溪成碧、花落水流红的极富诗意的画面。

　　已有专家解读，上联写的是波光澄碧，似是借来了岸柳的翠绿；下联道的是水质芬芳，好像这一脉之水分得了隔岸的花儿香气。笔者以为，还可以再通俗一点：绕着河堤而栽的柳树，因为河水既深又绿，而将彼此映衬得更加翠绿；对面河岸上种满了鲜花，散发出香气，随风飘散，弥漫空中，即便是站在这边，也分明能闻到芬芳。

说到这首对联，让人想起盛唐时代神童出身的刘眘虚，他写过一首诗，原文是："道由白云尽，春与青溪长。时有落花至，远随流水香。闲门向山路，深柳读书堂。幽映每白日，清辉照衣裳。"

刘眘虚八岁就擅长写文章，还给皇帝上书，受过皇帝的接见，被拜为童子郎。可刘眘虚一点也没骄傲，成年之后更是恬淡，不爱慕荣华富贵，专门喜欢结交和尚道士一类的世外高人。他留下来的诗只有十多首，其中包括这首连题目都丢掉的诗。可是即使没有题目了，诗仍一直被广为传颂。这首诗好在哪儿呢？其实就是文如其人，清新淡远。特别是"春与青溪长，时有落花至，远随流水香"这三句：上山之后，被无边的绿色包围，感觉山路长长，溪水幽幽，春意也好像一路陪伴他的清溪水一样，无尽悠长；一路上不停有花瓣飘落在溪水里，随着溪水漂漂荡荡；而溪水呢，也仿佛带着落花的香气，大老远地就能闻到。

由这首诗，你是不是会想起前面宝玉题的"沁芳"，这"远随流水香"不正是"沁芳"吗？紧接着贾宝玉写"绕堤柳借三篙翠，隔岸花分一脉香"，其实就是"时有落花至，远随流水香"的翻版嘛！"流水落花春去也，天上人间""花落水流红，闲愁万种"，流水落花，本来就容易和伤春联系在一起，只是刘眘虚这首诗一点这种感伤的情绪都没有，是流水落花之趣。

但曹公在《红楼梦》里借宝玉题的"沁芳"与撰写的对联"绕堤柳借三篙翠，隔岸花分一脉香"就不一样了。专家认为，"沁芳"是个隐喻，暗示众女儿的美好；对联则关联"花落水流红"，即一切的繁华富贵，终究都会像飘落的缤纷一般，没入水中，既而由流水携其流向远方，慢慢消逝，暗示大观园众女儿的悲剧命运和贾家终将没落的结局。

《红楼梦》对联中的金陵十二钗

寒塘渡鹤影　冷月葬诗魂

——林黛玉、史湘云凹晶溪馆联诗抒怀

　　"寒塘渡鹤影，冷月葬诗魂。"这是贾府中秋之夜阖家赏月曲终人散之后，林黛玉、史湘云二人又相约至凹晶溪馆近水赏月，对句联吟时共同完成的佳句。

　　要理解这句诗的含意，我们先要读懂两位才女联句时的所处的环境、当时的心情以及她们的身世。

　　在《红楼梦》中，大观园拜月赏月的地方有三处：嘉荫堂、凸碧山庄和凹晶溪馆，都在大观园的西北部，省亲别墅的西侧。其中，嘉荫堂位于山脚之下，临近大观园西门，是"祭月"的场所，也是赏月前更衣和休息的地方；凸碧山庄（或称凸碧堂）位于山脊之上，用于登高赏月；凹晶溪馆（或称凹晶馆）则是凸碧山庄的退居（临时休息的房屋），是临水赏月之所。

　　嘉荫堂清厦五开间，梁栋彩绘，高雅不俗。在北京

大观园，嘉荫堂大门题有匾额，并有楹联："座上金钟联吉庆，阶前珠幕护扶疏。"由红学家周汝昌先生所拟。

金钟：应是指铜钟或黄钟，古之打击乐器，祭祀或宴飨时用的乐器。珠幕：饰有珠玉的帘幕。宋代诗人苏轼《哨遍》中有"睡起画堂，银蒜押帘，珠幕云垂地"之句。扶疏，形容枝叶繁茂，疏密有致。有关"座上""阶前"，《红楼梦》中有"座上珠玑昭日月，堂前黼黻焕烟霞"之对，两者颇为类似。

唐·王勃《滕王阁序》："闾阎扑地，钟鸣鼎食之家。"对联的前一句与"钟鸣鼎食"的意思相近，都是用来形容富贵人家生活奢侈、豪华的排场。

那么，周汝昌先生所拟"座上金钟联吉庆，阶前珠幕护扶疏"的意思大概就是：大厅内有专人奏乐击钟，座上人一边用膳，一边欣赏着音乐；室外绿树婆娑，枝繁叶茂，与饰有珠玉的帘幕相互映衬，绚丽夺目，一派吉祥、喜庆的气氛。

在《红楼梦》第七十一回中，贾母八十大寿，贾府就在此大排筵宴，热闹非凡。"大观园中，收拾出缀锦阁并嘉荫堂等几处大地方来做退居"，即在此处休息、更衣、待客。

中秋月夜，贾母率众人先在此焚香秉烛拜月，吃茶少歇。对此，《红楼梦》第七十五回《开夜宴异兆发悲

音　赏中秋新词得佳谶》中有这样的描述：月亮上来后，"嘉荫堂前月台上，焚着斗香，秉着风烛，陈献着瓜饼及各色果品。邢夫人等一干女客，皆在里面久候。真是月明灯彩，人气香烟，晶艳氤氲，不可形状。地下铺着拜毯锦褥。贾母盥手上香拜毕，于是大家皆拜过"。可见，嘉荫堂也是贾母非常喜欢的地方。

凸碧山庄离嘉荫堂不远，"从下逶迤而上，不过百余步，至山之峰脊上"。山上石道蜿蜒，藤萝环绕；山下流水潺潺，花木繁茂。在这个十几米高的石山上，有一座油饰彩绘的敞厅，因在山脊，故名"凸碧"。这里是园中的制高点，站在这里放眼望去，园中景色一览无余，格外壮观。

拜月之后，贾母说："赏月在山上最好。"于是大家便到山脊上的凸碧山庄去赏月。"厅前平台上列下桌椅，又用一架大围屏隔作两间。凡桌椅形式皆是圆的，特取团圆之意。"在这里，大家击鼓传花、赏桂饮酒之后，月至中天，比先越发精彩可爱。赏月不可无笛，贾母复命月下吹笛，笛声远远地从桂花树下传来，"呜呜咽咽，悠悠扬扬"。明月清风，天空地净，桂花飘香，令人烦心顿解，万虑齐除，真可谓良辰美景。

中秋之夜，金风送爽，丹桂飘香，本来应该是美好快乐的，但曹雪芹浓墨重彩下的大观园中秋节，却是有悲有喜，有忧有乐的。作者在前八十回里描写过好几场家宴和夜宴，场面都是锣鼓喧天般的热闹与喜庆。比如《红楼梦》第一回便写到中秋，寄居葫芦庙内的穷秀才贾雨村被甄士隐请去饮酒赏月，见"当头一轮明月，飞彩凝辉"，雨村"已有七八分酒意，狂兴不禁，乃对月寓怀，口号一绝云'时逢三五便团圆，满把晴光护玉栏。天上一轮才捧出，人间万姓仰头看'"。而甄士隐走失了的女儿英莲，作的咏月诗则流露出几多悲凉："博得嫦娥应借问，缘何不使永团圆?"而这一次，由于前两回的抄检大观园和甄家获罪被抄，贾母虽然强装笑脸，但仍禁不住垂泪，中秋赏月也笼罩在挥之不去的悲戚之中。

凹晶溪馆，与嘉荫堂一样，都在凸碧山庄之下，但凹晶溪馆毗邻水边。屋前紫藤花香叶茂，屋后临水凭栏眺望，诸景尽收眼底，令人心旷神怡。有道是：凸碧山庄与凹晶溪馆两处，一上一下，一明一暗，一高一矮，一山一水，好像是专为赏玩月景而设计的。有喜爱山高月小的，就到凸碧堂；有欣赏皓月清波的，就往凹晶馆。这两个建筑遥遥相对，互相映衬，互为补充，分开为两景，合起来则是一景。

谈到凸碧山庄与凹晶溪馆的名字，湘云和黛玉说过这么一段话："这山上赏月虽好，终不及近水赏月更妙。

你知道这山坡底下就是池沿，山坳里近水一个所在就是凹晶馆。可知当日盖这园子时就有学问。这山之高处，就叫凸碧；山之低洼近水处，就叫作凹晶。这'凸''凹'二字，历来用的人最少。如今直用作轩馆之名，更觉新鲜，不落窠臼。""只是这两个字俗念作'洼''拱'二音，便说俗了，不大见用，只陆放翁用了一个'凹'字，说'古砚微凹聚墨多'，还有人批他俗，岂不可笑。"不过湘云没想到，这凸碧山庄与凹晶溪馆竟然都是黛玉拟的名。

在北京大观园，凹晶溪馆正面题有匾额，并挂有楹联："素魄凝痕槎犯斗，澄波浸影鹤惊诗。"也是出自周汝昌先生的手笔。有关这副对联的解读，容笔者稍后交代。

凹晶馆之所以出名，还有一个更重要的原因，那就是红楼梦第七十六回《凸碧堂品笛感凄清　凹晶馆联诗悲寂寞》的故事就发生在这里——

话说中秋月夜，贾母领众人在凸碧山庄赏月品笛，曲终人散之后，备感凄清。黛玉、湘云二人离开贾母众人，相约至凹晶溪馆近水赏月，闻笛联诗对句。"二人遂在两个湘妃竹墩上坐下。只见天上一轮皓月，池中一轮水月，上下争辉，如置身于晶宫鲛室之内。微风一过，粼粼然池面皱碧铺纹，真令人神清气净。"

黛玉、湘云都是寄居贾府的孤女，才情出众，二人在这"团圆"之夜，顿感悲凉寂寞，念及不幸身世，触景生情。于是，二人便以五言排律，开始联诗。黛玉以现成的俗语"三五中秋夕"先起，湘云对"清游拟上元"，出"撒天箕斗灿"；黛玉对"匝地管弦繁"，出"几处狂飞盏"；湘云对"谁家不启轩"，出"轻寒风剪剪"；黛玉对"良夜景暄暄"……

　　正当两人你一句我一句的时候，黛玉突然发现池中有一个黑影。待湘云"弯腰拾了一块小石片向那池中打去"，"只听那黑影里嘎然一声，却飞起一个大白鹤来，直往藕香榭去了"。这个鹤助了湘云，她以"窗灯焰已昏"对了黛玉的"壶漏声将涸"，接着出"寒塘渡鹤影"。林黛玉听了，赞不绝口："'影'字只有一个'魂'字可对，况且'寒塘渡鹤'何等自然，何等现成，何等有景且又新鲜，我竟要搁笔了。"也就是说，这一句差点难倒了黛玉。但这位才女毕竟非同寻常，沉思良久之后，终于对出了"冷月葬诗魂"。湘云拍手叹为妙对，评曰："清奇诡谲，非此不能对。"此时，另一个才女妙玉不约而至，这位一向目空一切的才女赞赏道："好诗，好诗，果然太悲凉了。不必再往下联，若底下只这样去，反不显这两句了，倒觉得堆砌牵强。"

　　整个中秋联诗，由前面的人间欢乐，转向寂寥，用

215

月的虚盈晦朔变幻喻世事消长，从"传花鼓滥喧，晴光摇院宇"的热闹，转入"壶漏声将涸，窗灯焰已昏"的寂静，再逼出"寒塘渡鹤影，冷月葬诗魂"的佳对，至此，联诗达到高潮并在高潮中结束。

现在我们来解读周汝昌先生为凹晶溪馆所拟的对联。上联"素魄凝痕槎犯斗"：素魄，是月的别称，亦指月光。如唐·孟郊《立德新居》之五："素魄衔夕岸，绿水生晓浔。"槎，木筏，升天所乘的仙舟。犯斗，指登天。明·陈汝元《金莲记·就逮》有"每举笔而凌云，似乘槎而犯斗"之句。这一联的意思就是：银色的月光在大地上洒下一层光辉，美妙非常，让人产生了一种乘舟登天的冲动。下联"澄波浸影鹤惊诗"：澄波，指清波。南朝宋·鲍照《河清颂》有"澄波万壑，洁澜千里"之句。这句诗的意思就是：清澈的水波里倒映着白鹤的影子，白鹤突然从水里飞出来，引出一句唯美的诗句。周汝昌先生的对联再现了黛玉、湘云夜深在凹晶溪馆联诗对句的情景。

那么，"寒塘渡鹤影，冷月葬诗魂"到底是什么含意呢？

"寒塘渡鹤影"一句，取意于杜甫《和裴迪登新津寺寄王侍郎》诗"蝉声集古寺，鸟影渡寒塘"。苏轼的《后赤壁赋》也有"适有孤鹤，横江东来"之句。《菜根潭》里则有"雁渡寒潭"之句："风来疏竹，风过而竹不留声；雁渡寒潭，雁去而潭不留影。故君子事来而心始现，事去而心随空。"本句中的"渡"字，写出了鹤的飘逸以及环境的冷清，意境清奇，实为难得之巧句，所以黛玉才会只想出下句，连出句都忘了。

"冷月葬诗魂"一句并不难懂。《葬花辞》中有"侬今葬花人笑痴，他年葬侬知是谁"一句，故许多版本都将"冷月葬诗魂"中的"诗"作"花"，认为"非花莫属"。但如果是"冷月葬花魂"，那么它的字面解释就是：孤冷的月将枯败的花朵埋葬。其实，这句诗只能从意境去体会，若单从字面去解释则失却了本来的诗意。这也可以说是一种诗谶，是一种影射和暗示。

由此，"寒塘渡鹤影，冷月葬诗魂"可以解释为：白鹤的影儿从寒气氤氲的池塘上面掠过，高挂在天际的月儿发出清冷的光辉，淹没了月下吟诗人的灵魂。

"寒塘渡鹤影，冷月葬诗魂。"一"寒"一"冷"，充分抒发了作者心中对时世的一种悲伤的感悟，增强了诗的感染力。又通过"寒塘"相伴的"鹤影"，说出了两个才女对自己所处的生存环境的失望情绪。而一个"葬"字，是她们预见到自己的生命也会在世间永远被冷月埋葬。

曹雪芹的"清净女儿之境"

——走进 1987 版电视剧《红楼梦》的主要拍摄地北京大观园

在北京西城区南菜园护城河畔，有一座名叫"大观园"的主题公园。顾名思义，这是一座依照中国古典文学名著《红楼梦》中描述的"大观园"的景观而建造的仿古园林。公园这里离我单位原来的办公地点椿树馆街很近，走路的话，用不了二十分钟。

以前囫囵吞枣般看过曹雪芹的《红楼梦》，也断断续续地看过同名的电视连续剧，而且也曾陪亲人朋友去过几回大观园，但毕竟是浮光掠影，走马观花，有点"刘姥姥"的感觉，不知其中虚实、韵味，自然难求甚解。

众所周知，《红楼梦》中的大观园是为贾府大小姐元春省亲而修建的别墅，元春题其园之总名曰"大观园"，正殿匾额云"顾恩思义"。元宵省亲后，元春命宝玉和诸钗入园居住。它不仅是红楼人物活动的艺术舞台，也是曹雪芹总结当时江南园林和帝王宫苑特点创作出来的园林艺术瑰宝。大观园的园林设计对后世的园林建造产生了深远的影响。但二百多年来，谁也没有亲见过大观园的真实模样，人们只能从《红楼梦》的字里行间，想象这座被称为"理想的女儿国"的盛衰沉浮。

1984 年，为了拍摄电视连续剧《红楼梦》，有关方面邀请红学、古建、园林、清史、民俗等多方面的专家学者共同研讨、精心设计，在北京西城区南菜园护城河畔建造了一座"大观园"作为拍摄基地。决策者那种把原作为临时场景的思维推进到建造永久性的人文历史园林的创意，无疑是一种高瞻远瞩的正确决策。摄制完成后，景区 1986 年部分对外开放，1989 年全部开放，现已成为一座文化名园。

北京大观园原址为明清两代皇家菜园，明代曾在此设"嘉疏署"。全园面积 12.5 公顷，建筑面积 8000 多平方米，新拓水系 2.4 万平方米，草坪 500 平方米，种植各种树木 3 万余株，堆山叠石 6 万立方米。全园包括庭园景区 7 处、自然景区 3 处、佛寺景区 1 处、殿宇景区 1 处，总计景点 40 多个。

北京大观园是按作者曹雪芹在《红楼梦》中的描述，采用中国古典建筑的技法和传统的造园艺术手法建

造。园内的园林建筑、山形水系、植物造景、室内陈设、小品点缀等，都尽力忠实于原著的时代风情和具体描绘，再现了文学大师曹雪芹笔下《红楼梦》中的官府园林风采。

北京大观园与《红楼梦》的结构情节、人物性格、人物关系有着千丝万缕的联系。有专家评价，大观园综合了北方皇家园林的富丽宏阔与南方私家花园的典雅幽深，它是依照艺术大师曹雪芹刻画人物的环境，精雕细琢，巧夺天工。景区串联掩映曲折，虚实开闭，障锦山屏，柳暗花明。如省亲别墅的"琳宫绰约，桂殿巍峨"，庄严宏伟，极显皇家气派；怡红院的浓朱重彩、富丽堂皇，室内西洋美女图、穿衣镜的摆设，极显主人公贾宝玉的脂粉气与富贵气；潇湘馆内曲折游廊，翠竹掩映，清水小溪，"凤尾森森，龙吟细细"，极显主人公林黛玉清高脱俗、幽怨孤独的性格；蘅芜苑内假山玲珑，藤蔓缠绕，四廊回接，摆设简朴，洁静清雅，极衬主人薛宝钗端庄稳重、冷漠无情的性格特色；而稻香村的"柴门临水稻花香"，黄泥墙头，纸窗木榻，与寡妇李纨的身份性格相吻合……

大观园中的每个处所都是围绕着人物性格而精心设计的，它把曹雪芹描绘的夺造化天功的世外桃源真实地活灵活现地展示在观者面前。有了北京大观园，可以身临其境，自由出入于多愁善感的黛玉闺房，也可认真探索桀骜不驯的宝玉的生长环境。有了北京大观园，北京又多了一道极富特色的古典园林亮丽风景线。它也是展示红楼文化的窗口，是红楼文化博物馆；它又是把红学学术、古建技术、传统造园艺术融于一体的结晶；它创造了影视置景与园林建设相结合的新模式……北京的大观园为京华的巨丽峥嵘、神奇锦绣的众多园林胜景增添了又一宝贵遗产。

如今，到北京旅游的人，除了游览参观古迹名胜之外，更可以到大观园去踏赏一番，因为它是曹公笔下那座"天上人间诸景备"的"大观园"实景化。它让所有热爱《红楼梦》的读者在艺术上欣赏曹公神笔下美境如画的"大观园"的同时得到现实的感受，使人们对"秀水明山抱复回，风流文采胜蓬莱"的大观园的神往，对"光摇朱户金铺地，雪照琼窗玉作宫"的美景亲历的这一梦想成为现实。

一、作者寄情的"清净女儿之境"

大观园是寄托了作者人生理想和社会理想的清净女儿之境，宝玉和金陵十二钗的女儿国，太虚幻境的凡世化身，天地间至情至性、至美至圣的所在。

221

有专家分析，大观园的兴衰史可划分为五个季节：试才题对额、元春省亲、黛玉葬花、宝玉挨打，好比万物复苏欣欣向荣的春天（16—36 回）；海棠诗社、携蝗大嚼、艳雪红梅、元宵夜宴，好比万物疯长热火朝天全盛喜庆的夏天（37—54 回）；探春理家、芳官正传，好比阴阳角逐相持不下的长夏（55—63 回）；怡红夜宴是大观园盛极而衰的转折点，紧接着二尤悲剧、桃花诗社、抄检大观园、晴雯之死，好比风萧萧肃杀之秋（64—80回）；贾家抄家（曹雪芹原定结局）、黛玉之死、姐妹飘零、月夜感幽魂、符水驱妖孽、妙玉被劫，则是雪漫漫美梦幻灭的严冬了（81—112 回）。

二、大观园主要的仿古建筑及景物

园内主要景观有：大观园正门、西街门、省亲别墅、大观楼、怡红院、潇湘馆、蘅芜苑、秋爽斋、稻香村、栊翠庵、凹晶溪馆、凸碧山庄、暖香坞、芦雪广、缀锦楼、红香圃、花溆、曲径通幽、沁芳亭、滴翠亭、紫菱洲等等。

（一）省亲牌坊

省亲牌坊耸立在沁芳池北岸，"龙蟠螭护，玲珑凿就"，高大宏伟，浑厚凝重。正上方刻有"省亲别墅"四个金字，左右分别刻"芳岸""玉津"。牌坊背面正上方刻着"国恩家庆"，左右分别刻"云影""波光"。牌坊高8米，宽11米，石材为房山青白石，是最能代表大观园景区形象特点的建筑。

牌坊是我国古典建筑中一种门式纪念性建筑物。大观园中的省亲牌坊，一方面显示省亲别墅的华贵庄严，另一方面还暗示出大观园乃是人间的幻境。刘姥姥游大观园时，见到这个牌坊就磕头，指着牌坊上的四个字说这不是"玉皇宝殿"吗，引得众人笑得拍手打掌。

（二）顾恩思义殿

顾恩思义殿位于省亲牌坊后，是省亲别墅的正殿。正殿后为大观楼及东西配楼缀锦阁和含芳阁。这里崇阁巍峨，层楼高起，青松拂檐，玉栏绕砌，金辉兽面，彩焕螭头。整个院落充满了皇家邸宅的华贵气派。这组殿宇也是大观园中气势最宏伟、装饰最华丽的建筑，显示出如曹雪芹描绘的"金门玉户神仙府，桂殿兰宫妃子家"的威严气势。

贾元春被皇帝选入宫中以后，因贤孝才德，被封为凤藻宫尚书，加封为贤德妃。经皇帝恩准，正月十五上元之日回府省亲。顾恩思义殿是元妃省亲时接受朝觐与驻跸之所，也是元妃家人进行国礼朝拜的场所。

《红楼梦》第十八回中，元妃亲定此殿题额"顾恩思义"，并题联："天地启宏图，赤子苍头同感戴；古今垂旷典，九州万国被恩荣。"歌颂皇恩浩荡。在正殿内，贾元妃端坐正中宝座，贾府众人在贾母的率领下行国礼。元妃又命宝玉及姐妹们赋诗展才，每人作诗一首，并正式将此园命为大观园，赋诗云："衔山抱水建来精，多少功夫筑始成。天上人间诸景备，芳园应锡大观名。"贾元春省亲时，正是贾府的鼎盛时期。

（三）大观楼

大观楼是大观园正北面主楼，楼名为元妃所赐。东面飞楼为缀锦阁，西面为含芳阁，四面回廊相接，楼上复道相衔，"崇阁巍峨，层楼高起，面面琳宫合抱，迢迢复道萦纡"。缀锦阁还是贾母两宴大观园之处（见第四十回）。

（四）怡红院

怡红院是贾宝玉在大观园的住所。这里是大观园内最为豪华、最为富丽堂皇的一个院落。三开间的垂花门楼，四面是抄手游廊，五间正座，三间抱厦，东西各有配房三间。正房上有题额"怡红快绿"，是元妃省亲时根据宝玉所题的"红香绿玉"改写的，暗示着门前的西府海棠和几本芭蕉。

宝玉是贾母最宠爱的人，他的别号有绛洞花主、怡红公子、富贵闲人、无事忙。怡红院是宝玉与园内众姐妹活动的一个主要场所，一系列重要的故事都在这个地方发生，"晴雯撕扇""平儿理妆""勇晴雯病补雀金裘""寿怡红群芳开夜宴"等，最有趣的是"刘姥姥醉卧怡红院"。

（五）潇湘馆

潇湘馆是林黛玉在大观园的住所。这里龙吟细细，凤尾森森，小小三间房屋，一明两暗，回廊曲折，翠竹掩映，婆娑玉立，石子漫路，小溪潺潺，绕阶缘屋。

这里的建筑与其他院落不同，不仅精巧纤细，而且在油漆彩绘方面也采用冷色调的"斑竹座"技法，泪痕点点，所谓"斑竹一枝千滴泪"，活生生地映出这里的主人公寄人篱下、以泪洗面的孱弱形象和孤高自许、多愁善感的性格。

（六）蘅芜苑

蘅芜苑是薛宝钗在大观园的住所。走进大门，迎面是玲珑山石，四面环绕各色石块，上面爬满紫藤、凌霄、

地锦，几乎将房屋遮住。顺游廊往里走，五间清厦，四面出廊。这个院落与众不同，走廊、窗棂全是冰炸纹制作。

薛宝钗是个冷美人，因服冷香丸，身上有着一阵阵冷森森、甜丝丝的幽香，"任是无情也动人"。室内陈设也别出心裁，青纱床帐，素洁衾褥，清雅脱俗，雪洞一般，不见珍玩宝器。内外景物的淡雅、幽静、冷逸，正是宝钗端正、稳重、不事奢华性格的传神写照。

（七）沁芳桥

沁芳桥处在大观园中轴线上，白石为栏，环抱池沿，石桥三拱，兽面衔吐，四周美人靠，波光湖影，宛若琼阁。它是穿东渡西、临山过水的咽喉。沁芳亭上的对联是贾宝玉所题："绕堤柳借三篙翠，隔岸花分一脉香。""沁芳"是指水都沁透着一种芳香。沁芳亭和桥是宝玉、黛玉经常约会的地方，也是林黛玉重建桃花诗社的地方。

（八）栊翠庵

栊翠庵是妙玉在大观园的住所。院中花木繁茂，数千枝红梅，入冬花开如胭脂，映着白雪，白雪红梅，显得格外精神。院内还种有七叶树等佛家胜地的专有植物，整个院落颇有"深山何处钟"的佛家意境。

北屋是佛堂，内有金色观音塑像，是妙玉参禅修行之处。另有东禅房和西耳房，东禅房内摆有金色观音塑像和妙玉人物塑像，是妙玉打坐之处。

（九）凸碧山庄

凸碧山庄位于大观园西北，在十几米高的山石上，有一座油饰彩绘的敞厅，四周有美人靠，这里是园中的制高点，可尽赏园中景色。中秋月夜，贾母说赏月在山上最好，于是大家随之从嘉荫堂来到凸碧山庄，边赏月，边讲笑话，边玩击鼓传花的游戏取乐。

（十）凹晶溪馆

凹晶溪馆作为凸碧山庄的退步和对景建筑，隐匿在山庄下的近水低洼处。这两处一上一下、一明一暗、一高一矮、一山一水，特为玩月而设。有爱那山高月小的，便往凸碧堂去；有爱这皓月清波的，便到凹晶馆来。

中秋月夜，贾母领众人在山庄赏月品笛，黛玉和湘云来到溪馆，近水赏月，闻笛联诗，"寒塘渡鹤影，冷月葬诗魂"这两句诗，是她们自己凄苦心境最富诗意的生动写照。

（十一）嘉荫堂

嘉荫堂位于大观园的西北部，清厦五开间，梁栋彩绘，高雅不俗。

在《红楼梦》第七十一回中，贾母八十大寿，贾府大开筵宴，热闹非凡，"大观园中，收拾出缀锦阁并嘉荫堂等几处大地方来，做退居"。第七十五回，中秋月夜，贾母也曾率人来到过此处。

（十二）缀锦楼

缀锦楼是贾府二小姐贾迎春的住所，位于园东紫菱洲，故迎春的诗号叫"菱洲"。室内轩窗寂寞，屏帐翛然，门外荇翠菱紫，幽静凄凉，是绰号"二木头"的迎春"误嫁中山狼"悲惨命运的形象写照。

《红楼梦》作者曹雪芹的祖父曹寅为康熙皇帝宠臣，身兼多项官职，其中一职即为钦差"巡盐两淮盐漕监察御史"。有趣的是，《红楼梦》中林黛玉之父林如海亦是皇帝钦点的"巡盐御史"。大观园内的"真州巡盐御史署"影像展采用声、光、电等高科技手段，利用真人拍摄、电脑编程、立体投影等方式，真实地再现了当年盐漕商运、民间易货和上缴税银的情景。

（十三）红香圃

红香圃是一处以赏花为主的自然风景区，这里地势开阔、花木繁盛，以芍药、牡丹为主，争奇斗艳。宝玉和众姐妹很喜欢在此游玩，有时竟乐而忘返。

《红楼梦》书中写道，宝玉、平儿、宝琴、岫烟同一天生日，为贺华诞，他们在红香圃内聚会。一时间，满厅中红飞翠舞，玉动珠摇，十分热闹。但席散时不见了湘云，原来湘云吃醉了酒，在芍药栏中僻静处的青石板凳上睡着了。只见她香梦沉酣，四面芍药花飞了一身，手中的扇子在地下，半被落花所埋，又用鲛帕包了一包芍药花瓣枕着，一群蜂蝶围着她。众人看了又是爱，又是笑，忙上来把她唤起，湘云慢启秋波，看看众人，又低头看了看自己，方知是醉了。这就是湘云醉卧芍药裀的故事。

（十四）稻香村

稻香村是李纨在大观园的住所。李纨是贾政与王夫人长子贾珠的媳妇，出场就已经是一个寡妇了。她和儿子贾兰在此居住。这个院子很有特点，四面是黄泥矮墙，并拥有草顶凉亭，门前挑有一个旗幌"杏帘在望"，院中红如喷火蒸霞的杏花，护佑贾家唯一的读书人贾兰。

李纨居住的房间陈设简朴，纸窗木榻，没有油漆彩绘，一洗富贵气派。

（十五）暖香坞

暖香坞是四小姐贾惜春的住所，是与稻香村紧连的一组秀丽建筑。惜春是宁国府贾敬的女儿，贾珍的胞妹，因住所与藕香榭相近，宝钗给她起了一个"藕榭"的雅号。暖香坞院墙南面有一条夹道，东西两边有过街门，上嵌石头匾，东门刻有"揲旭""延霞"，西门刻有"穿云""度月"。穿过夹道，我们就来到了惜春住所的门前。

这里是大观园最暖的一个地方，十冬腊月，打起猩红毡帘，仍觉温香拂面，正适合惜春作画。刘姥姥游大观园时，曾提出要一张大观园全景图，就是由惜春来完成的。

（十六）秋爽斋（晓翠堂）

秋爽斋是贾府三小姐探春的住所。粉墙月洞门，院中两株西府海棠，枝繁叶茂。探春曾在此发起"海棠诗社"，因院内植有芭蕉，自起别号为"蕉下客"。她热情泼辣，精明强干，爱憎分明，一心行正，如第五十六回"兴利除弊"和七十四回"抄检大观园"中，充分表现了她的管理才能及果敢泼辣的素质。

院东晓翠堂，是贾母初宴大观园的地方。东南角一座八角亭为"赏月亭"，与其相对的秋爽斋后院的假山上，有一"拜月台"，每逢中秋，贾母就率众在这里拜天祭祖。

（十七）滴翠亭

滴翠亭处大观园西南，与怡红院隔水相望，其垂檐四角，雕窗楼阁，周围绿波荡漾，湖边绿柳低垂，枝叶摇曳，山石林立，喷泉清泻，令人心旷神怡。"宝钗扑蝶""黛玉葬花"的故事就发生在这里（见第二十七回）。

滴翠亭旁有一浅丘，一块石板刻"花冢"二字，是黛玉葬花处。"黛玉葬花"是林黛玉借花抒情的一段催人泪下的故事，正如她边葬花边哭吟："……尔今死去侬收葬，未卜侬身何日丧。侬今葬花人笑痴，他日葬侬知是谁?"

（十八）藕香榭

藕香榭四面临水，左右回廊，佳荷飘香，是隔水赏花、临水观景的好地方，正如题联所说："芙蓉影破归兰桨，菱藕香深泻竹桥。"

231

这里是众姐妹开设螃蟹宴、咏菊联诗的地方（见第三十八回）。贾母二宴大观园时，园中女戏子们在这里演习乐曲（第四十一回）。

（十九）芦雪广

芦雪广三面临水，两旁是碧绿的芦苇。元妃游园时题匾额"荻芦夜雪"，点出了此处雪景之美。

"琉璃世界白雪红梅，脂粉香娃割腥啖膻"的故事就发生在这里（见第四十九回、五十回）。

（二十）花溆

这里山石叠垒，港洞明朗，河水荡漾，佳荷飘香，绿柳成荫，幽雅清凉。宝玉题为"蓼汀花溆"，后元妃简为"花溆"。

（二十一）梨香院

梨香院原是"当日荣公暮年静养之所"，薛姨妈来贾府时曾住此处，后改为戏班教习女戏所在。

（二十二）曲径通幽

中国有句俗话叫作"开门见山"，当您走进大观园后，首先看到的是这座翠障似的假山挡在前面，往前一望，见白石崚嶒，或如鬼怪，或如猛兽，纵横拱应，上面苔藓成斑，藤萝掩映，其中微露一条羊肠小径。镜面白石上的题字是贾宝玉所题，取自唐代常建《题破山寺后禅院》诗中"曲径通幽处，禅房花木深"的意境。

中国古代园林强调赏景路线曲折起伏，变化万端，反对一览无余，正像贾政所说的，"非此一山，一进来园中所有之景悉入目中，更有何趣"？这座假山正是体现了这一艺术特点，"愈露先藏景，愈藏景界愈大"，大观园之景被这座假山所挡，我们只有穿过这羊肠小径，才能真正领略到大观园内的秀丽风光。

（二十三）补天遗

补天遗挺立在大观园南门外广场，它高9尺，重60吨，是大观园的景点标志。

"补天遗"意为补天遗落之石，来自《红楼梦》开篇那脍炙人口的神话。石上题一绝："满纸荒唐言，一把辛酸泪。都云作者痴，谁解其中味?"

《红楼梦》是一部享誉世界的中国古典文学名著，书中的贾府也是中国古典建筑规划布局和园林设计的集中体现。尤其是那个令人叹为观止的人间仙境"大观

园"更是激起人们探究的巨大兴趣。它鬼斧神工，逼真如画，虽不是某个具体的古典园林，但"梦"中的"园"却比现实中的任何一座园林更典雅、更美妙、更理想。

附录四：

曹雪芹家族与大运河的渊源

曹雪芹一生总共才活了四十八岁，可谓英年早逝。他前半生锦衣玉食，后半生潦倒困顿，生前遍尝人情冷暖，身后却盛名不断。事实上，两百多年来，红学家和历史学家们关于曹雪芹和《红楼梦》的争议从未停息，比如他的生卒年，他在北京哪些地方居住过，《红楼梦》写的是曹雪芹家还是纳兰性德家，曹雪芹成年后是否回过江南……凡此种种，不一而足。唯一没有争议的，可能就是他的家族及他本人与大运河的关联。

缘结运河

明朝末年，满族崛起。明熹宗天启元年（1621 年）春天，清太祖努尔哈赤攻破沈阳，曹雪芹的太高祖曹锡远及高祖曹振彦被俘，沦为满族皇室正白旗旗主多尔衮的包衣（即家奴）。其后，曹振彦忠心耿耿为多尔衮卖命，被提升为正白旗佐领，为大清开国立了大功。不久，曹振彦便跟随多尔衮进了关。多尔衮死后，顺治皇帝将正白旗收归亲掌，曹振彦遂成了皇室内务府的奴才。那时候，曹振彦之子曹玺已是顺治帝的亲随，其儿媳孙氏则是未来的康熙皇帝、当时的皇三子玄烨的乳娘。曹家意外地交上了好运，身份也由"包衣下贱"一跃而成为"从龙勋旧"，曹家从此有了可依赖的"天恩祖德"。

此后，曹振彦升任为两浙都转盐司运使，官署设在杭州。走马上任，从北京到杭州，曹振彦走的路线是大运河。也就是说，他首次南下为官，即领略了京杭大运河全程。

此时，纵贯中国东部南北的京杭大运河已经非常繁忙。朝廷的官员南下履职，巨贾南下经商，都要经过大运河这条水路；而从富足的江南征集来的各色物资，也需要通过大运河源源不断地运往北京。

我们知道，隋唐大运河开通后，元世祖忽必烈又下令开凿了济州河、会通河、通惠河，运河从此由江苏淮安经宿迁、徐州直上山东，抵达北京。至此，诞生了现今意义上的京杭大运河。京杭大运河贯通海河、黄河、淮河、长江、钱塘江五大水系，是沟通中国古代南北东西的交通大动脉。

永乐十九年（1421 年），明朝首都由南京迁到北京。从此，漕运中心也由南京转变成北京。明清两代，中央政府高度重视运河漕运，设置漕运总督和河道总督，分别掌管运河漕运管理和运河水利管理。大运河这条黄金运输航线在保证漕运的同时，带动了沿岸区域的经济发展。而更重要的意义，是把中国的南北方统一起来了，并使大运河成为中华民族的文脉所在。

意大利传教士利玛窦曾经从南京经大运河乘船到达北京，他在日记中专门写了《从南京到北京》一章，其中写到大运河："为了开通从杭州到达北京皇城的水路，让从江南运送货物的船只顺利进入北京，中国的皇帝修建了一条贯穿长江和黄河的大运河……事实上，从水路进入北京城，或者从北京到别的地方都要通过大运河……"由此可见，在当时，南北两京即北京和南京之间主要是通过大运河来连接的。

清朝继续定都北京，广大的江南地区仍是中央政府粮食和财税的主要来源地。此时，南京不仅是"八督十二抚"之一两江总督的驻地，同时又是江南三织造之一江宁织造的驻地。此外，还是江宁将军、江南布政司、江宁布政司、安徽布政司的驻地。更为重要的是，南京还是掌管江苏、安徽两省漕粮运输的江安督粮道署所

在地。

有道是，大运河上帆樯林立，百舸争流，那么京城就物质丰盛，政局稳定；反之，大运河上商旅中断，萎靡不振，京城就供给紧张，人心惶惶。所以，康熙大帝在《示江南大小诸吏》诗云"东南财赋地，江左人文薮"，这是对南京重要性的真实写照，也是对驻地官员的殷殷嘱托。

曹振彦不一定能想到，从此，曹家几代人会和纵贯南北的京杭大运河结下不解之缘，并由此揭开这个家族"赫赫扬扬，将及百年"的序幕，以至于"吾家自国朝定鼎以来，功名奕世，富贵传流"。

秦淮风月

清顺治皇帝二十多岁就因出痘不治而亡。皇三子玄烨继承大统，这就是后来的康熙大帝。

康熙登基的第二年，为酬报乳母孙氏的抚育之恩，并考虑到曹振彦已在顺治末年去世，便派孙氏的丈夫曹玺出任江宁织造，织造官署设在江宁府（现在的南京市）。曹家随着康熙朝六十年盛世，也享受了半个多世纪的人间富贵荣华。曹玺任江宁织造二十二年。任职期间，曹玺曾两次沿大运河进京述职。

曹玺出任江宁织造期间，其子曹寅已随父在江宁官署生活。由于孙氏的关系，曹寅在年幼的时候时常能够接触到康熙，并做了康熙帝的伴读。十六岁的时候，回京任康熙皇帝的御前侍卫。康熙二十三年（1684年），曹玺在江宁官署病逝。曹寅即赴江宁办父丧事，又料理江宁织造事务。康熙二十四年（1685年），曹寅扶父柩回到京城。

　　康熙二十九年（1690年），曹寅被康熙任命为苏州织造官，后其妻兄李煦接任苏州织造。苏州织造的主要任务便是为皇家置办衣物和生活用品，事少钱多离家近，无疑是件美差。曹寅在苏州任上三年后，康熙三十二年（1693年），康熙又让他兼任江宁织造。从康熙四十三年（1704年）开始，直到去世，曹寅与其妻兄李煦还轮流隔年任两淮盐政，曹寅兼任四次。两淮巡盐监察御史主要负责巡察泰州、淮安、通州（南通州）等地的盐务。

　　据说江宁织造这个职位还负责将当时的朝廷政令通过大运河快速向南方各省发布，也负责收集大运河沿岸的各位南方大员的信息及江南地区的各种内情直接向皇帝呈送。

　　"东南之地河道繁多，例设水驿"，设水驿最重要的目的是"奏牍、公文俱归递送，欲使之从速而不至失误也"（《清朝续文献统考》卷三七五）。大运河与江苏、安徽、浙江、江西、湖北、湖南等省的水路相通，沿岸均设船以供差使，大运河成了当时政治统治的有力纽带。

从康熙四十年（1701年）开始，曹寅还与其弟曹荃联合办理淮安等五关铜斤，这项工作是为朝廷收购造钱币的铜，供京城宝源、宝泉两个造币厂之用。到康熙四十八年（1709年）去任，共八年时间。可以想见，这段时间，南方的铜正是通过京杭大运河源源不断地运往京城造币厂的。在曹寅任职期间，还连续五次承办圣驾南巡大典，康熙更是四次驻跸于江宁织造府邸。彼时的曹家，"真是烈火烹油、鲜花着锦之盛"。

康熙五十一年（1712年），曹寅病逝于扬州。曹家跟李家，不仅身份、经历、职责相当，还有姻亲关系，曹寅的妻子就是李煦的堂妹。曹寅唯一"年方弱冠"的儿子曹颙继任江宁织造。但是他毕竟太年轻了，没有管理经验，他的老舅李煦就来帮他。不承想，三年后，曹颙在京述职时一病而亡。

考虑到曹寅无嗣，康熙皇帝遂命李煦从曹荃的四个儿子中挑选一个过继为嗣，李煦看中了曹荃的第四个儿子曹𫗧。红学家周汝昌先生在《曹雪芹新传》中说，曹𫗧"从康熙五十四年（1715年）继任江宁织造"。可是曹𫗧虽然有读书的天分，但却没有管理织造事务的才能，以致在任期间累年亏空。

240

康熙、雍正两朝，曹家祖孙三代四人（曹玺、曹寅、曹颙、曹頫）主政江宁织造达五十八年（一说六十四年）之久，家世显赫一时，江南的富庶与风雅为这个家族打下了深刻的江南记忆。康熙朝是曹家走向兴盛顶峰的时期，曹雪芹的爷爷曹寅则是曹家走向鼎盛的代表人物。

曹寅的一生都与大运河关联紧密，他长期任职江宁织造，常驻于运河城市南京、扬州、苏州等地，也多次进京面君，来往运河航路，更曾兼任两淮盐政，奉旨在扬州开局刊刻《全唐诗》《佩文韵府》。如果说在清朝康熙年间，在江南地区存在一个深受皇帝器重而一举成为清朝最显赫的家族的话，那便是曹雪芹的家族。在康熙年间，曹家的荣华富贵达到巅峰时期。但是因为数度接驾，曹家"花的银子如淌海水一般"，留下了巨大的亏空。尽管康熙帝十分体恤，还设法帮着曹家填补，却终究回天乏力。

伴随着康熙帝驾崩，曹家失去了最大的靠山。而在继位的雍正皇帝看来，朝廷的奢侈风俗"皆从织造、盐商而起"，他指的正是身为江宁织造并监管盐务的曹家。曹寅逝去后，失去庇护的曹家如履薄冰，难逃厄运。

果然，雍正元年（1723 年），曹雪芹舅祖李煦被抄家治罪。雍正六年（1728 年），身为江宁织造的曹頫因骚扰驿站，特别是"行为不端，织造款项亏空甚多，将家中财务暗移他处企图隐蔽"而获罪被抄家，曹家在京城及江宁家产人口俱奉旨赏给隋赫德。

这里专门说说曹雪芹。专家考证，曹雪芹大概于康熙五十四年（1715 年）出生在江宁（今南京），恰好赶上了曹家这个"赫赫扬扬，已将百载"的诗礼簪缨之族的末世时光。

小时候，曹雪芹过着富贵奢华的生活，一如《红楼梦》中的贾宝玉，生活在"花柳繁华地、温柔富贵乡"中。有关文章记述，曹雪芹的祖母李氏对这个"遗腹"孙子极为宠爱，曹頫对他也是尽心教导，期望他能承继家业、光宗耀祖。所以很小的时候，曹雪芹即跟随曹頫辗转于大运河江南段沿岸的扬州、南京与苏州等地。

在今天的南京大行宫，可以看到当年江宁织造署的旧址所在地，康熙下江南时就是住在这儿。史书记载，曹家在南京的地产不止这一处。有专家考证，清代袁枚的随园前身就是江宁织造园，当年的园子很大，甚至包括了今天乌龙潭公园的一角。曹家的姻亲富察·明义甚至说随园就是《红楼梦》里的大观园。如今，乌龙潭公园里建有曹雪芹纪念馆。在纪念馆门口，有一副对联："几番成败兴衰，引来笔下幽思，心中血泪；多少悲欢离合，写出人间青史，梦里红楼。"门楼两边，为粉红色围墙围绕，渲染出了浓郁的红楼旧梦氛围。

曹雪芹对南京的感情很深。毕竟，他在这儿度过了他"锦衣纨绔之时，饮甘餍肥之日"的童年，甚至连他的名字"霑"传说都是清凉寺的方丈给起的。纵观曹雪芹的一生，其生活范围主要在南京和北京。金陵是南方重要的运河城市，北京则位于大运河的北端，《红楼梦》中提及这两座城市最多，有研究者指出：两座重要运河城市的文化和生活滋养了曹雪芹的精神世界和艺术世界。

当然，除了南京，苏州也不可或缺。曹雪芹在小说《红楼梦》中称苏州为"最是红尘中一二等风流富贵之地"。苏州本来便是"风水宝地"，明清时期大运河开通后，与山塘河、护城河及入城水道均在阊门附近交汇，南北舟车、外洋商贩也纷纷聚集于此，堪称"万人码头"。作为山塘街的起点，阊门一带离不开"繁华"二字，不仅是苏州最繁华的商业街区，也是大运河南段富贵集聚之地。

清代宫廷画家徐扬的《姑苏繁华图》也充分再现了昔日阊门"商贾辐辏、百货骈阗"的盛景。而"十里枫桥塘"则是运河入城的主航道，上塘河是京杭运河故道。现在，我们到山塘河畔，就可以看到"中国大运河遗产点"遗址的立桩。

浩浩荡荡的大运河，江南的这些富足而繁华的城市，以及曹家那时候"烈火烹油，鲜花着锦"的富贵生活，都在曹雪芹年少的心目中留下了深刻印象，让他念念不忘，让他魂牵梦萦。后来，他把这些写进了《红楼梦》。

京城岁月

雍正六年（1728年），曹家获罪被抄，十二三岁的曹雪芹不得不告别"秦淮风月"之地的"繁华锦绣"之乡的生活，跟随家人顺着他高祖来时的路——沿大运河从南京回到他的老家北京。

这应该是曹雪芹出生以后第一次这么顺着大运河长时间地乘船。虽然历史无法重现，但我们可以想象：曹雪芹举家从金陵回到北京的时候，先是在通州张家湾下了船，再换乘通惠河的小船，一直坐到东便门外大通闸码头下船，然后进城。

按北京市政协原副秘书长宋慰祖先生的话说，从曹雪芹第一脚踏上北京的时候起，他的命运又与通惠河这段大运河连在了一起。

通惠河是元代郭守敬主持修建的漕运河道，它源自北京北郊昌平境内，经昆明湖向东南穿过北京城区，东出至通州，入北运河，南下杭州。明宣德七年（1432年）改建北京城，元大都时期的通惠河被圈入皇城中，漕船不能驶入城内，于是，东便门大通桥外的大通闸（俗称"头闸"）便成为通惠河的起点，当年与桥同时建造的还有运送漕粮的大通闸码头。

据资料可知，当年东便门外的通惠河水域宽阔，驳船穿梭，异常繁忙。有诗句形容曾经的通惠河："宛宛漕渠天上来，金堤玉垒圣人开。仙槎合傍银河挽，粟米如山绕凤台。"河上一派忙碌，这大通桥码头就更热闹了。

当时，这大通桥码头不只是漕运粮食的货运码头，还是京城重要的客运码头，南来北往的旅人很多在大通桥码头下船入城，或是乘船南下。当年很多名人曾在大通桥码头留下饱含惜别之情的送别诗句，如明代户部侍郎钟芳、清末诗人俞陛云，还有谭嗣同。

从大通闸沿通惠河北路一路向东，走过一段由大块条石铺就的古道，再继续向东，一共两公里左右的路程，就到了通惠河的庆丰闸。庆丰闸就是俗称的"二闸"，始建于元朝至元二十九年（1292 年）。初建时名"籍东闸"，后更名为"庆丰闸"。

近年来，北京市相关部门对通惠河展开全线清淤，拓宽河道，修建河堤，并在庆丰闸的南岸修建了庆丰公园。沿着庆丰公园沿河走廊往东走，不久就可以看到一棵古槐树，这就是著名的"文槐忆旧"。想当年，通惠

河是京杭大运河首段，庆丰闸又是通惠河上的重要通航船闸，因此这一河道船舻相接，两岸店铺林立。每当入夜，这里更是人声鼎沸，灯红酒绿，一派繁华，故有"燕京秦淮河"之美誉。风流倜傥的曹雪芹沿通惠运河而来，并约好友敦敏在树下推杯换盏。现今，古槐树下摆放着五个汉白玉石雕刻的大酒坛、一张石桌以及四条石凳等物件，恍惚之间，似乎可见曹雪芹和好友们在此谈笑和饮酒的情景。

在庆丰闸的一块石碑上，刻着昔时敦敏在庆丰闸（二闸）游览写下的题为《登庆礼闸有怀敬亭》的诗句："古渡人烟阔，溟濛薄板东。秋连野水碧，霞入晚山红。芦老渔舟聚，草荒村肆空。独来登眺意，一雁叫西风。"据说，敦敏在这里还创作了另一首题为《二闸迟敬亭不至》的诗："临风一棹趁扁舟，芦岸村帘分外幽。满耳涛声流不尽，夕阳独立小桥头。"

乾隆二十四年（1759 年），年过不惑、阔别故园三十载的曹雪芹踏上了南下的旅途，回到了江南。没有人知道他究竟为何而去，为谁而去。也许是寻觅旧梦，也许是访问故友。

有关专家考证，回到江南期间，曹雪芹曾在扬州瓜洲一沈姓人家留下墨宝，据说，这是史料有记载的曹雪芹的唯一一幅画作。受赠此画的沈觐宸的第十代传人沈志安曾经披露过这幅《天官图》的来龙去脉。作为沈家嫡长孙，沈志安从父辈那里继承了这幅被作为传家宝的曹雪芹画作。那是曹雪芹应两江总督尹继善邀请，沿着大运河扬帆南下，途经瓜洲。因傍晚时分下了一场大雪，过不了长江，曹雪芹就到街上溜达起来。后受邀至一位沈姓商人家中小住，这位沈姓商人就是沈志安的先祖沈觐宸。

　　曹雪芹在沈家一住就是十来天，与沈觐宸相谈甚欢，十分投机，直到冰融雪化恢复航运才离开。临别之际，曹雪芹泼墨挥毫，作了一幅《天官图》赠给沈觐宸。据沈志安回忆，《天官图》约 1.2 米宽、0.8 米高，画面上是一位威严的长须"天官"，两边还各伴有一位童男童女。令人痛惜的是，这幅画作在"文革"时期被毁于一旦。

　　从江南回京后，家道中落的曹雪芹搬到西郊原正白旗村居住。就是在香山这段时间，曹雪芹创作出让古今无数人泣下的史诗巨著《红楼梦》。也是在这一段时日里，在曹雪芹友人们的诗文中，不断透露出曹雪芹的凄凉晚景：满径蓬蒿，举家食粥，卖画换酒，燕市哭歌。唯有旧时好友敦诚、敦敏时常对他资助一二。这是曹雪芹留给世人的最终影像。

　　脂砚斋于《红楼梦》第一回有"壬午除夕，书未成，芹为泪尽而逝"的眉批，但曹雪芹的辞世时间一直未有定论，这位文学巨匠的埋身之地也一直是个谜。早前，很多人认为曹雪芹葬在香山地藏沟，因为那里是正白旗的义地，专用作埋葬贫穷或无后的旗人。可后来一个偶然的发现，推翻了这种猜测。

1968 年的寒冬，通州张家湾的村民们在萧太后河旁一个叫作曹家坟的地方挖出了一方青石，又在不远处挖到一具男性骸骨。因为没有发现任何值钱的陪葬，众人便将尸骨掩埋在河边，而那块青石则被一位有心的村民运回了家中，只因他认得石头上刻的五个大字：曹公讳霑墓。

当通州张家湾的那块被村民藏起的碑石得以重见天日时，一石激起千层浪。有关方面邀请各方专家对碑石进行鉴定。著名文物专家史树青先生和著名金石专家傅大卣先生都认为碑是真的。此后，中国社会科学院文学研究所著名红学家刘世德、石昌渝、邓绍基、陈毓罴、王利器等老先生也来考察碑石，均认为"曹石"是珍贵文物，是红学界一件大事。冯其庸先生则认为这块碑石虽不是墓碑，却是作为墓主标志的一块墓石，粗陋的石质、潦草的刻字，恰恰印证了曹雪芹潦倒离世时匆忙入殓的悲凉。

现今，在京杭大运河漕运码头通州张家湾，矗立着一座曹雪芹雕像，显示了曹雪芹与通州张家湾的关联。

　　"张家湾"之名号出于元代。明永乐年间，因营建北京，从大运河运来的粮食、建材物资及南北货商、官宦、船夫水手等云集张家湾，使这里成为大运河的重要码头，形成了一个商务集散繁盛之地。据专家考证，张家湾的运河古桥畔，是当年曹雪芹和家人来往南北两京的必经之地。

　　其实，曹氏家族与大运河的渊源甚至可能比曹振彦升任两浙都转运盐司运使更早一些。专家考证，清初，正白旗的圈地多在京东通州至丰润一带，而曹家当时已属正白旗。曹振彦随其父曹锡远从东北辽阳入关，在京城安了家。张家湾是曹氏家族早先投资置业的地方之一。康熙五十四年（1715年）七月，曹頫在《覆奏家务家产折》中曾提到，曹家所存产业中，包含有"通州典地六百亩，张家湾当铺一所"。此外，曹雪芹在《红楼梦》里提到的花枝巷，遗迹也在张家湾大运河码头附近。

　　在生命的最后的日子里，曹雪芹选择了从西山回到通州张家湾，并病逝在这里。我们无从知道其中的原因。也许，因为这里是他回到北京的第一站；也许，因为这里是大运河出发的地方。

　　张家湾，这座运河边的古镇，还有码头、古桥、老城墙，因与曹雪芹的这段奇妙的缘分，融汇于萧太后运

粮河、北运河、通惠河及北京历史文化的浪花当中，汇入了经久不息的"京华历史文脉"。

红楼一梦

大运河纵贯南北，是中国古代南北交通的大动脉，对于南北文化的交流起过重要的作用。曹家四代人的命运与大运河有关，曹雪芹生长并长期生活在大运河沿线城市，他的所见、所闻、所感，为他日后创作《红楼梦》提供了丰富的生活积累与得天独厚的创作素材。家境败落后，曹雪芹在北京西山完成了惊世巨著《红楼梦》，他把自己有关大运河的刻骨铭心的记忆以及他对大运河的难以割舍的情结写进了这部经典小说。从某种意义上说，《红楼梦》也是一部宏大的大运河文化史。

首先，《红楼梦》中汇集了大运河沿线地域的物产、民俗、方言等等。这与曹雪芹从小生长在大运河沿岸城市以及他熟谙大运河及沿岸的风情有关。

《红楼梦》中对南北地域物产、民俗、方言等有很多具体的描写。比如，水果类有鲜荔枝、柚子、木瓜、佛手等；食品类有风腌果子狸、鸡髓笋、红稻米、大芋头等；茶类有老君眉、普洱、六安茶等；酒类有绍兴酒、惠泉酒等。难怪有专家戏称："《红楼梦》有很多类似的情景，这些人坐在炕上，但是吃的是典型的南方饮食。"

曹雪芹描写大观园中的那些清净女子的饮食起居，也透露出江南一带的精致考究，这些物件大多引自南方，表明大运河沟通交通之后南北在生活上的融通。比如，小说中大书特书的慧纹，出自姑苏女子之手；黛玉从扬州来京，也会带南方的纸笔等物分赠伙伴；薛蟠去南边经商，"从虎丘带来的自行人，酒令儿，水银灌的打筋斗的小小子，沙子灯……"各种南方土仪，还引起了林黛玉的乡愁。

此外，在贾府还时时可见玫瑰露、鼻烟壶等舶来品。这些货物在清代或来自海外进口，或来自外国进贡，多是在广东、福建入境，由水路进入京杭大运河北上。王熙凤曾说："那时我爷爷单管各国进贡朝贺的事，凡有的外国人来，都是我们家养活。粤、闽、滇、浙所有的洋船货物都是我家的。"这也从另一个侧面做了佐证。

《红楼梦》中还有不少北京、南京、苏州、宿迁、扬州等地的方言俚语。这些方言俚语，一方面由于曹雪芹的家人沿运河南北为官，曹雪芹耳濡目染，因此习得；另一方面说明他沿河回江南时，在不同运河城市做过短暂停留，进而收入到小说中。

其次，《红楼梦》中的人物是借助大运河而活动起来的，也就是说，大运河是联系贾府（大观园）等与外

附录四　曹雪芹家族与大运河的渊源

面世界的桥梁与纽带，也是推进故事情节的结构要素。

有研究者指出，《红楼梦》中贾、史、王、薛这"四大家族"，祖籍都在金陵，而其他人物主要分布在北京、扬州、苏州、杭州等几个城市，彼此有着千丝万缕的联系。比如，贾家虽然是金陵的，但与苏州密切关联。贾母的女儿贾敏嫁给了苏州的林如海为妻。小说写到元妃省亲之事时，贾琏的乳母赵嬷嬷曾回忆说："那时候我才记事儿，咱们贾府正在姑苏、扬州一带监造海舫，修理海塘，只预备接驾一次，把银子都花的淌海水似的。"这说明贾家曾经在苏州、扬州一带任过差。

小说第三回中林黛玉从扬州坐船入京，后面她回扬州看望病重的父亲林如海，以及林如海病逝，她护送其灵柩从扬州回苏州原籍安葬，走的都是京杭大运河水路。《红楼梦》中薛宝钗、妙玉、李纹、李绮、邢岫烟、香菱等，还有苏州采买的女孩子们，她们的登场都与大运河水路交通密不可分。

《红楼梦》中的一些环境描写与提到的地理地名，也与大运河有着密切关系。《红楼梦》第四十八回写香菱学诗，香菱说自己对两句古诗"日落江湖白，潮来天地青""渡头余落日，墟里上孤烟"的理解："这'白''青'两个字也似无理。想来必得这两个字才形容得尽，念在嘴里倒像有几千斤重的一个橄榄。""这'余'字和

'上'字，难为他怎么想来！"这便是对大运河诗情画意景色的最精彩描述。香菱还顺便说了这样一段话："我们那年上京来，那日下晚便湾住船，岸上又没有人，只有几棵树，远远的几家人家做晚饭，那个烟竟是碧青，连云直上……"其中的"那日下晚便湾住船"，及"岸上又没有人"等，指的不是通州张家湾，便是京城东便门大通桥码头。香菱是被薛蟠强抢后随薛家进京的，也间接证明了当年薛家母女是乘船沿大运河进京的。

再次，由于自小深受江南文化的影响，《红楼梦》中，曹雪芹将对"清净女儿"的憧憬赋予了众多的江南女子，尤其对苏州女子情有独钟。

曹雪芹在《红楼梦》中构建了一个清净女儿之境，这些女性大多秉承了江南水乡的灵秀。如黛玉的袅娜、宝钗的端庄、芳官的伶俐、香菱的娇憨等，都令人难忘，而黛玉葬花、宝钗扑蝶、晴雯撕扇、龄官画蔷等场面，也塑造出一个个不朽的经典形象。

对于苏州，曹雪芹在《红楼梦》中着墨更多。"当日地陷东南，这东南一隅有处曰姑苏，有城曰阊门者，最是红尘中一二等富贵风流之地。"开卷第一回，故事从苏州开始。金陵十二钗中，林黛玉、妙玉都是苏州人。甄士隐、香菱、邢岫烟、林如海等其他重要人物，也是苏州人。就连一些配角，也要点明是苏州人。比如小说

第十八回写"贾蔷已从姑苏采买了十二个女孩子",其中着墨比较多的有芳官、藕官、龄官。小说第四十回还说:"那姑苏选来的几个驾娘早把两只棠木舫撑来。"

书中刻意强调的除了苏州人,还有苏州的物品,特别是工艺品。比如,贵到连贾母都舍不得拿出来用的苏绣,薛蟠做生意带回的虎丘泥人……小说第四十一回写了栊翠庵品茶,提到玄墓蟠香寺梅花上的雪,玄墓是真实的地名,现在是苏州赏梅胜地香雪海。

江苏省红学会副会长朱永奎先生在其文章《〈红楼梦〉与大运河》中提出,《红楼梦》小说的全部故事,是从大运河开始,再以大运河结束的。书中开篇写甄士隐一生小荣枯的故事,就发生在"地陷东南"之际的苏州阊门外,这里正是位于大运河畔的一个重要码头。全书结束于宝玉出家,穿一件大红猩猩毡斗篷在毗陵驿拜别父亲贾政,其地点就在常州老西门古运河北岸。

对联的基本知识

　　为了更好地欣赏与解读《红楼梦》中的楹联，我们在这里介绍一些有关对联的基本知识。

一、什么是对联

　　对联，俗称对子。它以对偶句为基本形式，是汉语语言独特的文学艺术形式，是汉族独有的传统文化之一。从专业的角度讲，对联是由两串等长、成文和互相对仗的汉字序列组成的独立文体。

　　我们把对联的上句叫上联，又称出句、出联、上支、上比、对公、对头等，如"门第春常在"；把下句叫下联，也叫对句（应句）、应联、下支、下比、对母、对尾等，如"人家庆有余"。上下合称一副对联。

对联有联语和对句之分，是对句和联语的合称，所以称"对联"。

对句即"对联"中的"对"，是相互成对而没有统一中心的上下两句，一般有出句和应句，多由两人以上互相应对完成。对句没有特别的形式要求，主要是口头进行，是用来听的。如果以书面形式记录，则按联语形式，但一般不带横额。

联语则是在对句的基础上有统一的中心和主题的上下两句，一般由一人单独完成，如："水清鱼读月，花静鸟谈天。"必须是写在纸、布上，雕刻、张贴于竹子、木头或悬挂于柱子上的对偶语句。有些还必须配上横额。

横额，也叫横批等，是指挂贴于一副对联上头的横幅，一般仅用于少数有此必要的对联，比如春联。所谓"横"，指的是横写的书写方式；"批"，含有揭示、评论之意，指的是对整副对联的主题内容起总结、补充、概括、提高的作用。

横批与对联是一个有机的整体，应与主题内容相关，一般与对联同时创作，通常为三个字、四个字，或成语，或古文警句。横批也应当精练，考虑平仄交替。横批要求贴切浑成，新颖夺目，起到画龙点睛的作用，而不应当是画蛇添足。比如春联横批，不能只认为有瑞气祥光就行，还要做到能总揽全联。这样一副春联"顺雨调风龙气象，锦山绣水凤文章"，其横批的意思就不能太窄，用"五谷丰登""鸟语花香"都不太合适，但用"春满人间""四海皆春"就比较妥帖。需要注意的是，横批的字词和内容还应避免与上下联简单地重复。

与横额近似的还有匾额。所谓匾额，就是悬挂于门上方、屋檐下、门屏上作装饰之用，反映建筑物名称和性质，表达义理、情感之类的文学艺术形式。匾额中的"匾"字古也作"扁"字，《说文解字》对"扁"做了如下解释："扁，署也，从户册。户册者，署门户之文也。"而"额"，即悬于门屏上的牌匾。用以表达经义、感情之类的属于匾，而表现建筑物名称和性质之类的则属于额。也有一种说法认为，横着的叫匾，竖着的叫额。

匾额有虚实之分，直书此处名称的为实额，如"黄鹤楼""岳阳楼""同仁堂""北京图书馆""咸亨酒店"等；不直书此处名称的，或用典，或拟景，更具文采的为虚额，如滕王阁的"仙人旧馆"、《红楼梦》中的"有凤来仪""蘅芷清芬"等。其中，虚额与对联的关系更为密切，更近似于对联的横额。

古建筑正面的门上是必须要有匾的。当建筑四面都有门时，四面都可以挂匾，如皇家园林、殿宇以及一些名人府宅莫不如此。匾额是古建筑的必要组成部分，相当于古建筑的眼睛。所以我们看到许多古建筑的匾额，

其四周边框上往往雕饰各种龙凤、花卉图案花纹，有的镶嵌珠玉，极尽华丽之能事。

匾额是中华民族独特的民俗文化精品。它把辞赋诗文、书法篆刻、建筑艺术融为一体，集字、印、雕、色的大成，以其凝练的诗文、精湛的书法、深远的寓意，指点江山，评述人物，成为中华文化园地中的一朵奇葩。

对联的书写格式，可以横写，也可以竖写，但一般是竖写。竖写时，如果分成数行则应注意：上联要由右而左书写，下联要由左而右书写。上端要平齐，下端最内行（即最末行）应较短，使全联成为繁体的"門"字形。

在张贴、悬挂、雕刻对联时，上联在右边，下联在左边（此时的左右，应以面对对联所贴处来确定）。

需要说明的是，春联的称呼依使用场所的不同而有所不同，而且视情况不同有所禁忌。比如，门心是贴于大门两扉的，通常是两个字；框是贴于大门左右的柱子或墙壁上；斗方，又称"门业"，只有一个字，剪成正方菱形，贴在大门内四个门扉组成的屏门上，或有贴于室内一些物品上的，像米缸上的"满"；春条则贴于室内，固定为四个字，或四字组成一个吉祥字的有趣变形，如"招财进宝""黄金万两""福禄寿喜"。

迷你春联，多只有两指宽、一掌长，规规矩矩地贴在井神、灶神、仓神、土地神的龛门两侧。这种春联和贴在大门、厅堂、厨房、书房、窗户的春联不同，它们的内容已成固定的公式。比如，灶神龛门的春联老是那两句话："上天言好事，下界保平安。"

还有一种是特殊的春联。比如，如果临近过年时家中有人去世，一般不贴春联，但有的家庭为了讨个吉祥，也往往贴上春联，只是写春联的纸有些颜色上的限制。一般第一年的春节可用蓝色纸，第二年春节用黄色纸，到第三年则可用红纸写春联。有的居丧人家在新年来临之前为讨个吉祥，在门上写上"吾门尚素，天下皆春"，既是告知，也是对来年的一种祈望。

那么，什么是楹联呢？一般认为，对联就是楹联。但笔者认为，楹联不能等同于对联，不是所有的对联都能成为楹联。因此，比较倾向于"楹联属于对联，是挂或贴于楹柱上的对联，但是对联中的精品"的说法。

需要说明的是，对联要求上下两句字数相等，词语对偶，音韵和谐，内容上相互关联呼应，形式对称。汉字字形方正，结构优美，音节分明，声调匀称，因此便于形成对句。其他民族语言与汉族语言不同，不具备这些特点，往往很难做出文字上的两两相对和形式工整协调的对联。汉字的这种特点，使对联成为汉语言文学所独具的一种艺术形式。

由于对联的形式独特，语言鲜明，音韵和谐，用途广泛，具有诗的神韵，再加上优美的书法，由此成为艺术中的艺术。自产生到现在，雅俗共赏，贫富咸宜，上自帝王将相，下至黎民百姓，都喜欢玩赏和写作，成为节庆大事、游行集会、婚礼丧祭、居室补壁、装点亭台、抒发激情、寄托理想、传播文化、状物抒志、传神壮威不可或缺的艺术形式，在艺苑中具有特殊的位置和魅力。

说到对联与其他文学艺术的关系，一般认为，对联萌芽于律诗之前，发展于律诗之后，鼎盛于诗词日益衰落的清代。专家们研究，对联萌发于民间具对偶特点的对句，而后孕育于诗歌、骈赋，最后脱体于律诗成为独立的对联，但至今保留着律诗的某些特点。对联既独立于诗、词、曲、赋、散文、谜语、俚语等各种文学艺术表现形式之外，又能包容这些艺术形式的特长。

古人把吟诗作对相提并论，在一定程度上反映了两者之间的关系。对联要求对仗工整、平仄协调，这些特点，也都和律诗有某些相似之处，所以有人把对联称为"张贴的诗"。对联虽然脱胎于诗，但又不同于诗，只有上联和下联，较诗更为精练，句式更灵活，文字可长可短，伸缩自如。好的诗中，可以有绝佳的对联；但好的对联，是一个完整的艺术形式。上下联加横批，构成了或风景、或人文、或地理、或理想、或禅意、或哲理、或意趣、或幽默、或讽刺等独立的整体。结合出联的情境或故事，完全有可能构成绝对。名联、绝对往往历代流传，流芳百世，经久不衰。

对联具有民俗性、文学性、艺术性和实用性。无论是咏物言志，还是写景抒情，都要求作者具备较高的概括力与驾驭文字的本领。只有这样，才可能以寥寥数语，做到文情并茂，神形兼备，给人以思想和艺术美的感受。

二、对联的历史

对联迄今已有一千多年的历史。具体地说，从汉晋到唐代，是对联的萌芽阶段；从五代到元朝，是对联的发展阶段；明清两代，是对联的繁盛阶段。

说起对联的由来，早在秦汉以前，我国民间过年就有悬挂桃符的习俗。所谓桃符，即把传说中的降鬼大神"神荼"和"郁垒"的名字分别书写在两块桃木板上，悬挂于左右门，以驱鬼压邪。据传，古代东海度朔山有大桃树，桃树下有神荼、郁垒二神，主管万鬼，如遇作祟的鬼，他们就把它捆起来喂老虎。两千多年前的战国时期，中原春节就户悬"桃梗"，即"桃符"。

到了五代，人们才开始把联语题于桃木板上，桃木板上的神像就演变为书写文字的对联。据《宋史·蜀世

家》记载，五代后蜀主孟昶"每岁除，命学士为词，题桃符，置寝门左右。末年学士辛寅逊撰词，昶以其非工，自命笔题云'新年纳余庆，嘉节号长春'"。这是我国最早出现的一副春联。宋代以后，民间新年悬挂春联已经相当普遍，王安石诗中"千门万户曈曈日，总把新桃换旧符"之句，就是当时盛况的真实写照。由于春联的出现和桃符有密切的关系，所以古人又称春联为"桃符"。

一直到了明代，人们才开始用红纸代替桃木板，出现我们今天所见的春联。据《簪云楼杂话》记载，明太祖朱元璋定都金陵后，除夕前，曾命公卿士庶家门须加春联一副，并亲自微服出巡，挨门观赏取乐。尔后，文人学士无不把题联作对视为雅事。

在我国文学史上，人们常以"唐诗、宋词、元曲、明清小说"来概括各个历史阶段最高文学成就。对联专家浮萍伶仃曾在《对联》杂志撰文，认为清代是我国对联发展的鼎盛时期，并分析了其中的原因。浮萍伶仃先生认为，对联素有"诗中之诗"的美称，诗、词、曲的成熟为它的发展提供了良好基础。加之清代统治者自身喜爱、推崇对联，如乾隆就是对联的酷爱者，北京名胜楹联中，出自乾隆之手的就有一百七十九联。在现今的紫禁城中，对联比比皆是。因此，到清代，对联发展至鼎盛是必然趋势。

从对联专著来看，清代早期的联书有梁章钜《楹联丛话》《楹联续话》《楹联三话》《巧对录》、梁恭辰《楹联四话》《巧对续录》、林庆铨《楹联述录》《楹联续录》、李伯元《南亭四话》。根据顾平旦、曾保泉《对联欣赏》中的《对联书目举要》所列举的对联专著中，清以前的有八种，而清代就有三十八种之多。《红楼梦》中，除章回的回目外，所写对联甚多，其诗、词、曲中更是连环联，联联不断，熠熠生辉，蔚为大观。这些联语大多出自曹雪芹笔下，他把山水、园林、亭榭、门室、图景、人物、事理塑造得栩栩如生，这也是其他文学名著无可比拟的地方之一。

浮萍伶仃先生认为，清代著名戏曲理论家李渔（1611—1699）所著的《笠翁对韵》，更是集音韵、对仗、掌故等对联当中的范例之大成，对后人古典诗词创作产生巨大影响。就连曹雪芹的诗文笔法，似乎也与笠翁一脉相承。《笠翁对韵》与《红楼梦》两大名著诞生在清代，也可以说是对联发展史上的机缘巧合，堪称佳话。

从清代对联来看，其风格之多样，应用之广泛，也大大超过了以往历代。浮萍伶仃统计，黄荣章《古今楹联拾趣》所收的一百八十八则联语故事中，有一百一十

则属于清代。到清代康熙年间，对联艺术已有很大提高，到乾隆年间则已到了炉火纯青的程度。

清代对联高手如云，名联绝对屡见不鲜，如书画大家郑板桥的六十自寿联，道光年间对联名家何绍基的岳阳楼题联。孙髯翁的大观楼长联更是久负盛名，被誉为"天下第一长联"；钟云舫的江津长联长达一千六百一十二字，是名胜联中的最长者；太平天国领袖洪秀全在定都南京后所写的"重开尧舜之天"一联，也是气魄宏伟，惊心动魄。清代对联名家辈出，占历代楹联名家三分之二以上，令人叹为观止，如李渔、俞曲园、郑板桥、孙髯翁、何绍基、袁枚、宋湘、纪晓岚、顾复初、钟云舫、梁章钜、左宗棠、张之洞、章太炎、康有为、林则徐、梁启超等等。现代的张大千、徐悲鸿，郭沫若、齐白石、刘海粟、张伯驹、王蘧常、启功等，也无一不是高手。

2005 年，国务院把楹联习俗列为第一批国家非物质文化遗产名录。楹联习俗在华人乃至全球使用汉语的地区以及与汉语汉字有文化渊源的民族中传承、流播，对于弘扬中华民族文化有着重大价值。

三、对联的分类

对联如何分类，历来众说纷纭，莫衷一是。

（一）清代学者梁章钜的《楹联丛话》将联语分为十类：故事、应制、庙祀、廨宇、胜迹、格言、佳话、挽词、集句、杂缀。

（二）近代吴恭亨的《对联话》分为五类：道署、庆贺、哀挽、谐谑、杂缀。

（三）顾平旦、常江、曾保泉主编的《中国对联大辞典》（1991年第1版，2000年修订再版）将对联分为九类：名胜、题赠（格言）、喜庆、哀挽、谐讽（巧妙）、文学艺术、行业、集句、海外。

（四）谷向阳主编的《中国对联大典》（2000年第1版）用不同的标准分类：

1. 按用途分：春联、行业联、婚联、寿联、挽联、胜迹联、居室联、题赠联、谐趣联、杂题联。

2. 按内容分：写景状物联、叙事述史联、抒怀勉志联、格言哲理联、讽刺谐谑联。

3. 按联文长短分：短联、中联、长联。短联一般指上下联单边四至九字的联语；中联一般指上下联单边字数在九至二十之间的联语；长联一般指上下联单边字数各达二十或以上的联语。

4. 根据对联的句子多少及句子间的相互关系，可将其分成单句联、复句联和句群联三种。

5. 根据对联在对仗方面的格律要求和严谨程度，可

附录五

对联的基本知识

将其分为绝对、工对、宽对、自对、借对、失对等。

6. 根据上下联之间的内容对应关系，分为正对、反对、串对（流水对）、无情对等。

7. 根据对联的写作技巧或修辞手法，也可划分为嵌字联、回文联、谜语联、隐字联、押韵联。

（五）肖大志先生根据对联的内容和用途的划分。

肖大志先生认为，虽然从理论上看，根据对联的内容和用途来划分对联的类别很难做到严格而完全，但从实践上看，只有这种划分才比较有意义，因为它与对联的编排、体例密切相关。按对联所题的内容、对象或用途等的不同，可将对联大体上分成节令联、喜庆联、哀挽联、名胜联、行业联、题赠联、杂感联、学术联、趣巧联九大类。其中，每一类又可分为若干子类。

四、对联的来源

我国对联数量浩繁，那么多对联由何而来？一般来说，来源有四种，即创作联、集句联、集字联、摘句联。

（一）创作联：顾名思义，就是作者遵循一定的规则原创的对联。创作对联需要因时、因地、因情、因景，除了要有一定的语言基础特别是诗词的功底，还需要遵循一定的规则。如中华书局《文史知识》编辑部在《怎样作对联》一文中，对如何创作对联做了系统的归纳。

（二）集句联：指全用古人诗中现成的句子组成对联。例如朱德、彭德怀为冯玉祥作的祝寿联："南山峨峨，生者百岁；天风浪浪，饮之太和。"其中，"南山峨峨""生者百岁"语出司空图《诗品·旷达》，"天风浪浪"语出《诗品·豪放》，"饮之太和"语出《诗品·冲淡》。

（三）集字联：指集古人某碑帖中的字组成对联。例如："清气若兰，虚怀当竹；乐情在水，静趣同山。"此联所用之字，全出自王羲之的《兰亭集序》。联语典雅俊逸，得古人之趣。

（四）摘句联：指直接摘取他人诗文中的偶句并书写的对联。如 1962 年 9 月，毛泽东书赠毛岸青、邵华联："落霞与孤鹜齐飞，秋水共长天一色。"联语摘自唐代王勃《滕王阁序》。

千百年来，文人墨客以自己深厚的文化功底，为后人留下了无数脍炙人口的名句佳联，其中不少被收集成册，成为珍贵的典藏书籍，为后学提供参考与借鉴。

五、对联创作的基本规则

关于作联的基本法则，有专家概括为"工、稳、贴、切、新、奇"六字。

（一）工：结构和对仗工整。一副对联，应做到上下联字数相等，词性相同，平仄相谐，句式相仿。工整，是写对联最基本的要求。工，还有精巧凝练的意思。以有限的文字，表达丰富的思想、感情和意象，在构思、布局、用字、遣词、造句等方面，达到精巧和凝练。

（二）稳：上下联强弱相当，结构稳定。

其一要"形稳"。选择句式时，多将短句置于前，长句置于后。比如十言联，四六句式为主；十一言联，四七句式为主；十二言联，五七句式为主；十八言联，六五七句式为主。

其二要"音稳"。"上仄下平"的尾字，其目的是造成平稳的音韵效果。仄是"不平"，倘若全联以仄字收，就不能平稳。

其三要"义稳"。稳主要表现在强弱上。所谓强弱，即上下联言事范围大小的相对、思想深浅的相对、抽象与具象的相对、感情浓淡的相对。上下联的强弱应相当。

其四要"人稳"。即"工夫在联外"，那就是思想的成熟和稳定。

（三）贴：上下联要求联系自然，意境和主旨统一。如果立意不当，则主旨欠佳；抒情不当，则表态失度；措辞不当，则举止无方；用字不当，则形貌多疵。

（四）切：指撰联时上下联内容完全切合客观事实、现象，紧扣主题，意旨和作用表现出明确的独特性，难以引申移作他处使用。

（五）新：就是新鲜别致，有独创性，不因循守旧，达到"标新立异"的地步。对联的语言，应该清新、典雅、自然、新鲜、活泼。"虽云毫末技艺，却是顶上功夫。"这是一家理发店的对联，构思新颖，双关巧妙。

（六）奇：就是构思奇特，语言奇巧，令人拍案叫绝。这样的对联给人印象颇深，往往过目不忘。"三强韩赵魏，九章勾股弦。"这是华罗庚自作巧联，结合时事、在座人名，而且套换数字引领，言之有实，构思相当新奇，不可多得。

对联的基本格律可概括成"六要素"，又叫"六相"：字数相等，内容相关，词性相当，结构相称，节奏相应，平仄相谐。

（一）字数相等。上联和下联的字数必须相等，才能形成对仗，从一字联到千字联莫不如此。当然，也有故意用字数不等的联文来表达某种特殊含义，如"袁世凯千古，中华民众万年"。据说此联是在袁世凯死时，一位声望很高的学者写的，上联比下联少了一字，乍一看不能成对，作者的意图是说袁世凯对不起（对不齐）中华民众。

（二）内容相关。从内容上看，一副对联的上下联之间，内容应当相关，也就是意思要互相对应，以起到相反相成或相辅相成的效果。大多数对联上下联之间的内容对应属于互相衬托的关系。这种衬托或者是从相同的角度互相映衬、互相补充（即所谓"正对"），或者是从相反的角度互相反衬、互相对照（即所谓"反对"）。如果上下联各写一个不相关的事物，两者不能贯通、呼应，则不能算合格的对联，甚至不能算作对联。

（三）词性相同。上下联对应位置的词或词组的词性必须相同，才能形成对仗。就是要名词对名词，动词对动词，形容词对形容词，介词对介词，助词对助词等。

（四）结构相似。对联上下联句子的结构必须大体一致。上联是主谓结构，下联也应该是主谓结构；上联是动宾结构，下联也应该是动宾结构；上联中词语是并列或偏正结构，下联对应位置也必须用并列或偏正结构。如"日月"对"河山"即为并列结构相对，"明月"对"高山"即为偏正结构相对，如果用"日月"对"高山"那就错了。

（五）节奏相应。这是对联格律的声律要素。节奏本是一个音乐术语，指音乐中交替出现的有规律的强弱、长短等现象。在联律中，则是指对联语句中有规律的停顿现象。对联行文多以二字（有时也以一字或三字以上）为一节奏。所谓节奏相应，指上下联在节奏的停顿上应当尽可能同步。

（六）平仄相谐。这也是对联格律的声律要素，说的是对联平仄要和谐。在《康熙字典》中有明朝真空和尚关于古四声的一首歌诀："平声平道莫低昂，上声高呼猛烈强。去声分明哀远道，入声短促急收藏。"说出了古四声的大概特征。

有专家认为，对联的平仄规律，可以套用诗的"一三五不论，二四六分明"的基本法则。但事实上，对联的格律或韵律远远没有这么简单，这也是对联初学者的难点。当然，也并不是没有规律可循，下面一节，我们专门谈谈这个问题。

六、对联的韵律

古韵依照《平水韵部》归纳列表的古代汉语读音，分为"平（上平、下平）、上、去、入"五个声调读法。其中，"平"为平声，"上、去、入"为仄声。

平水韵是唐代官方颁布的归类的汉字读音。后世的诗、词、曲、联多依照其中归类的读音来区分平仄。清人林昌彝说："凡平音煞句者，顶句亦以平音；仄音煞句者，顶句亦以仄音。照此类推，音节无不调叶。"这段

271

话换一种说法，就是"仄顶仄，平顶平"。

对联平仄的这种运用规则，就叫"马蹄韵"，亦称"马蹄格"。其所以叫马蹄韵，在于其规律正像马之行步，后脚总是踏着前脚脚印走，每个脚印都要踏两次。若以一边的脚为平，另一边的脚为仄，左右轮流，那么"平平"之后便是"仄仄"，"仄仄"之后又是"平平"了。鉴于后脚之最初站立点，与立定时前脚之站立点并无后继，所以开头和末尾应为单平或者单仄。

现代标准汉语即普通话中的发音分"阴平、阳平、上声、去声"（又称第一、二、三、四声），这四个声调读法为今音。

今律规定，长音为平，短音为仄。阴平、阳平两声为平声，上声、去声两声为仄声。一般来说，对联平仄的传统习惯是"仄起平落"，即上联末句尾字用仄声，下联末句尾字用平声。

古韵与今声是可以对照的，现代标准汉语发音的四个声调可以转化为相应的平仄。也就是说，掌握一定的规律，根据现代标准汉语发音的四个声调也可以撰写对联。

具体地说，对联格律或称韵律分为两种：一种是句中格律，一种是句脚格律（指有两个分句以上的对联）。

（一）对联句中平仄规则

同一联句中，每两个或三个字就互换平仄。上下联中的同一位置，平仄要相反。

一言联：仄，平。

二言联（第一个字可以不论）：仄仄，平平。

三言联（两种，第一个字可以不论）：平平仄，仄仄平；平仄仄，仄平平。

四言联（一、三不论，可以活用；二、四分明，不忌孤平、孤仄）：平平仄仄，仄仄平平。

五言联（两种，平仄要求是在遵守对联"禁忌"的基础上一、三不论，二、四分明）：平平平仄仄，仄仄仄平平；仄仄平平仄，平平仄仄平。

六言联（平仄要求是在遵守对联"禁忌"的基础上一、三、五不论，二、四、六分明）：仄仄平平仄仄，平平仄仄平平。

七言联（两种，平仄要求是在遵守对联"禁忌"的基础上一、三、五不论，二、四、六分明）：仄仄平平平仄仄，平平仄仄仄平平；平平仄仄平平仄，仄仄平平仄仄平。

八言联以上：按节奏停顿将其分为几节，每节就按几言联的平仄规则处理。比如，八言联可以是四言联的组合，九言联一般是四五言（或是五四言）联相加，十言联一般是四六言或五五言相加，十一言联多为四七言

相加，也有五六或六五相加组合而成，以后照此类推。

（二）句脚平仄规则

对联每一分句的尾字称为句脚，整副联的尾字称之为联脚。在单句联中，句脚即是联脚。

当一副对联中的上联和下联有若干句时，每一分句的最后一个字（简称为句脚）的平仄安排也要讲究。对联句脚对马蹄韵的运用，有正格与变格之分。

句脚平仄完全符合马蹄韵的要求者，为正格。

每边两句的，其正格是平仄、仄平；

每边三句的，其正格是平平仄、仄仄平；

每边四句的，其正格是仄平平仄、平仄仄平。

四句以上的长联，不管仄起（指首句句脚为仄声字）还是平起（指首句句脚为平声字），若为偶数句正格，则除首尾为单仄或单平而外，中间的句脚皆保持连珠；若为奇数句正格，则除末句为单仄或单平而外，其前的句脚皆保持连珠。

每边尾二句句脚的平仄不是单仄或者单平，又未从根本上违反"仄顶仄，平顶平"的规矩的，为变格。

每边两句的，其变格是仄仄、平平；

每边三句的，其变格是平仄仄、仄平平；

每边四句的，其变格是平平仄仄、仄仄平平。

既不合正格又不合变格者，谓之破律。

有专家提出，对联的平仄要求在三个关键部位，也就是在节奏点上平仄一定要严：一是上下联的最后一个字。上联最后一个字必须是仄声字，下联最后一个字必须是平声字，也就是仄起平收。二是词组的最后一个字。"书山有路勤为径，学海无涯苦作舟。"在这副对联里，上联的词组是：书山、有路、为径；下联的词组是：学海、无涯、作舟。抓住词组的最后一个字，就是要求山和海、路和涯、径和舟一定要平仄相对。这里除了径和舟因为是上下联的最后一个字，必须是上仄下平外，其他字的平仄只要相对就行。三是长联中每句的最后一个字。长联由很多的句子组成，每一句的最后一个字必须平仄相对。

说到对联的格律或韵律，建议有兴趣的读者翻阅三本小册子：《声律启蒙》《笠翁对韵》《训蒙骈句》。

这三本小册子被称为"吟诗作对三基"，虽然都是作诗填词的起步教材，但是各有侧重，各有千秋。先学《声律启蒙》，可以重点掌握格律的概念；然后学《笠翁对韵》，可以在诗词中学会用典；最后学习《训蒙骈句》，可以对四六七句有一个全面的理解。此后，熟背勤练，即可慢慢登堂入室，渐入佳境。

七、怎样欣赏对联

通过上面的阅读，我们对楹联（对联）的基本知识有了简单的了解，那么，我们应该怎样去欣赏对联呢？

欣赏同一副对联，不同的人可能有不同的角度，不同阅历、文化层次、文化素养、兴趣爱好甚至价值取向的人可能有不同的看法，但其欣赏的步骤、过程应该是相同的，一般都是由表及里、由浅入深。先看大致轮廓，比如对联的长短，然后再看对联的内容，接着分析对联在表现形式或技巧方面有什么精妙之处，最后要欣赏欣赏它的书法艺术。

对联虽然脱胎于诗，但与诗又有不同。好的诗中可以有绝佳的对联，而好的对联则是一种完整的文学艺术形式。欣赏文学艺术，主要是欣赏其内容和形式。欣赏对联也和鉴赏其他文学艺术形式一样，可以从内容和形式这两方面去欣赏。所不同的是，对联往往与书法艺术连在一起。像中央党校里的对联，绝大多数都是由著名的书法家书写的，其中书法的艺术价值也很高。所以，欣赏书法艺术也应是其中的内容之一。因此，归结起来，欣赏对联，可以主要从内容、表达的手段以及书法艺术三个方面入手。

一看楹联的内容。

对联的内容是最重要的部分。要分析内容，先要看看对联的句子是否顺畅。这和我们阅读小说、朗诵诗歌、欣赏戏剧、看电影电视一样。如果句子不顺畅，会直接影响表达。碰上有不认识的字与读不懂的词语，先要查工具书或向人请教。另外，有人在创作对联时，为了某一个字或几个字对得工整，有时会照顾不到整句话的连贯性，以致对联的句子出现或晦涩、或牵强等情况。一旦遇到连句子都不通顺，或者前言不搭后语，令人莫名其妙的对联，还是不再欣赏的好。遇上比较长的对联，要先掌握断句。如果连断句都解决不了，对内容的领会就不可能不出差错，根本就谈不上什么鉴赏了。

光是句子通顺还不行，还要考虑其句子之间的层次是否清晰，上联和下联之间是否具有内在的必然联系，有没有次序颠倒、言语矛盾之处。如果没有这些方面的问题，接着我们就可以仔细研读与领会它的内容了：对联的由来，说了些什么，为什么这样说，说得怎么样，有何奇特之处，上下联之间的意思有何联系，等等。如名胜楹联，是写风景的，还是写人物的？是写历史的，还是写传说的？是褒扬，是贬斥，是歌颂，还是批评？是叙述，是描写，是议论，还是抒情？其中寄寓了作者的感慨，还是表达了作者的某种情感？如果是描绘一地风光的，就要了解该地的地理环境和相关的人物掌故。如果是记事的，就要了解事件的起因、经过、结局和相关的人物，搞清事件的历史背景。如果欣赏历史名人纪念地，如关帝庙、岳飞庙、韩愈祠的楹联，就要对这位历史人物有所了解，如他的出身、经历、主要业绩、功勋、历史上和现在人们对他的评价等等；如果是欣赏佛寺的楹联，一般佛学术语会比较多，这就要向内行请教，或者先把楹联记下来，回去查阅有关资料……不了解这些来龙去脉，就会不知所云，对楹联就不可能有深入的理解，直接影响到对名胜楹联的鉴赏。

当然，我国的楹联浩如烟海，特别是各地的名胜联，往往都含典故，或人物，或地理，或史实，或传说，要读懂每一副楹联，理解其内容，并非一件容易的事。怎么办？一方面，平时要注意知识的积累，所谓"书到用时方恨少""处处留心皆学问"，就是这个道理。另一方面，到某地旅游，事先应做一些"功课"，查阅一些相关的资料。这样，我们在遇到这些名胜楹联时，就可有的放矢，心领神会。能读懂、理解楹联的内容，楹联的鉴赏也就完成了一大部分。

比如，我们到湖南岳阳楼去旅游，可以看到清代嘉庆进士、陕西高陵人陈大纲在巴陵知县任上为该楼所题的一副楹联："四面湖山归眼底，万家忧乐到心头。"如何欣赏这副楹联呢？

　　首先，我们要知道，岳阳楼位于湖南省岳阳市古城西城门之上，背靠岳阳城，俯瞰洞庭湖，遥对君山岛，北依长江，南通湘江。我们也要知道，岳阳楼为湖南著名名胜，相传原为三国时吴将鲁肃的阅兵台，唐代建楼。宋朝庆历四年（1044 年），岳州知州滕子京重修岳阳楼，并请其同年进士、文学家范仲淹作了千古名文《岳阳楼记》。从此，岳阳楼更加闻名遐迩。同时我们要了解，"洞庭天下水，岳阳天下楼"，岳阳楼作为江南三大名楼之一，在其上不乏名联。其他两大名楼指的是湖北武汉的黄鹤楼、江西南昌的滕王阁。

　　此联独辟蹊径，上联描写风景，只在出句点破，言简意赅，意味深长；下联笔锋突转，从四面湖山的空旷继而想到万家忧乐，所用词语典故"忧乐"，即是出自范仲淹《岳阳楼记》中的"先天下之忧而忧，后天下之乐而乐"。这是全联的主题所在，立意也就在于此。想想看，作者若是没有一颗真挚的怜悯之心，是绝不会写出这样的联句的。

　　再如，在湖南省长沙岳麓书院，有这样一副著名的对联："惟楚有才，於斯为盛。"岳麓书院位于湖南省长沙市郊岳麓山上，创办于唐末五代，为中国四大书院之一。历史上著名的思想家、教育家朱熹、张轼等人都曾

到此讲习任教，影响很大。此联是清代嘉庆年间岳麓书院山长袁名耀和该院学生张仁阶集句而成。上联出自《左传·襄公二十六年》"惟楚有才，晋实用之"一语，下联出自《论语·泰伯》"唐虞之际，於斯为盛"一语。联句意思是指天下唯有楚地出人才，而以岳麓书院最为英才齐聚之所。

那么袁名耀和张仁阶又是什么人呢？查阅有关资料即可知道，袁名耀（？—1835），字道南，号岘冈，湖南宁乡人。嘉庆辛酉进士，授编修，历官侍读。嘉庆十七年（1812年）被聘为湖南岳麓书院山长，主教五年，以培养人才著称，著有《吾庐草》。张仁阶，清代贡生，袁名耀的学生。据记载，清嘉庆十七至二十二年（1812—1817），袁名耀任岳麓书院山长。袁名耀初任山长时，门人请其撰题大门联，袁就以"惟楚有材"嘱诸生应对。众人沉思未就，张仁阶应声对道："於斯为盛。"袁名耀非常高兴，认为属对工切，就令人将此联镌刻悬挂在书院大门口两边的门楹上。

二看楹联的表现形式和写作技法。

对联的表现形式包括选材、组句、对仗、声律等方面，也包括构思和修辞等方面的技巧。

在云南昆明大观楼上，有一副尽人皆知的著名长联。上联："五百里滇池，奔来眼底，披襟岸帻，喜茫茫空阔无边。看东骧神骏，西翥灵仪，北走蜿蜒，南翔缟素，高人韵士，何妨选胜登临。趁蟹屿螺洲，梳裹就风鬟雾鬓，更萍天苇地，点缀些翠羽丹霞。莫孤负四围香稻，万顷晴沙，九夏芙蓉，三春阳柳。"下联："数千年往事，注到心头，把酒凌虚，叹滚滚英雄谁在？想汉习楼船，唐标铁柱，宋挥玉斧，元跨革囊，伟烈丰功，费尽移山心力。尽珠帘画栋，卷不及暮雨朝云，便断碣残碑，却付与苍烟落照。只赢得几杵疏钟，半江渔火，两行秋雁，一枕清霜。"

大观楼在云南省昆明市内，南临滇池，与太华山隔水相望。始建于康熙年间，名大观楼。后毁于兵火，同治八年（1869年）重建，是西南地区重要的历史文化名胜之一。

作者孙髯，字髯翁，号颐庵。原籍陕西三原，后定居云南昆明。清代康熙乾隆年间民间诗人。他厌恶清朝官场的黑暗腐败，不参加科举，一生不仕，贫困潦倒，晚景凄凉。但他工于诗文，尤善属对，又会指画，晚年曾以卖卜为生，自称"万树梅花一布衣"，有《金沙诗草》《永言堂诗文集》等。

该联上联突出一个"喜"字，写滇池风物，视野极其开阔，生机勃勃，气势不凡；下联突出一个"叹"字，记云南历史，追溯直达汉唐。内容上它完全否定了

包括清朝在内的整个封建王朝，大气磅礴，意境深邃。多处用到了联内自对手法。联语构思新巧，想象丰富，感情充沛，一气呵成，通达流畅，内涵美质，外溢华彩，文辞优美，被推为"海内长联第一佳者"，并非溢美之词。梁章钜《楹联丛话》中说："虽一纵一横，其气足以举之。"艺术上首创一边写景、一边叙事、一边抒情，情、景、事相互交融的格调。全联一百八十字，在对仗上极其严整，排句用典也极具规模，为后世写长联者提供借鉴。

需要提醒的是，现今有些专家在鉴赏古人联作时，发现一些韵格似乎不合常规时，常常会说"某处不符合马蹄韵，但瑕不掩瑜"。事实上，在鉴赏古人联语时，应该从当时的文化与语言环境出发，以内涵统领形式，不可以一种作为参考的对联格律来要求所有对联作品，更不可以用古人绝不可能知道也不会去遵循的现代语法学规则来对古人的联语作品做出"出格"的判定。

对此，楹联大师刘太品先生曾在一篇文章中指出，在遇到已有定评的名家名作中，有些局部在对偶声律上有不同于常规的处理方式，最好不要因为自己不理解而轻易地否定前人，传世对联作者多是一时的文章圣手，对于各类文章体式自有其深刻的把握，他在个别语句上的处理方式自有其道理。林则徐说"壁立千仞"并不代表他找不到一个平声字来代替"立"字，曾国藩说"才未尽也"也不代表他找不到一个平声字来代替"未"字，他们之所以在联中这么用，说明这样是符合他们心目中对联文体规范的。

三看楹联的书法艺术。

楹联书法，与中堂、条幅、横幅、斗方、扇面、册页一样，是书法家惯用的一种书法形式。它是由书法和对联相结合的艺术，把平面的对联语言形象、生动、立体地展示在世人面前，形神兼备，具有较高的审美价值。

楹联书法这种书法形式究竟发端于何时？书法与对联之间又是一种什么样的关系？笔者曾在网络上读到一封沈鹏先生致孟繁锦先生的信，信中较好地回答了这个问题。沈鹏先生在信中说："大概可以说，楹联从后蜀孟昶的'新年纳余庆，嘉节号长春'起便是与书法相结合的综合性艺术，有很强的装饰性、实用性。"沈鹏先生还说："楹联的诗学、文学性质，对传统文化是一大贡献，书法既是楹联的文字载体，又有独特的审美价值。"

实际上，当我们审视和欣赏一副楹联作品的时候，一般也会包括书法和对联两个层面。书法是直观的线条艺术，对联是内在的语言艺术。一副好的楹联作品，既要有好联语的内涵支撑，又要有好书法的外观表现。联

语借书法的笔韵墨趣，更显汉字多姿多彩的形体美；书法又因联语的字词优美、对仗工丽、音韵和谐，蕴含耐人寻味的诗意美。联语渗透并浓缩了作者对社会、对人生的独特感受与感悟，有诗的意境和诗的韵味；书法借助笔墨线条的形质、力度、节奏、神采传递出人格、气质、情感。所以说，楹联是书法和对联两种艺术相结合的产物，是珠联璧合、相辅相成、相得益彰的艺术品。

楹联艺术和书法艺术都是建立在汉民族语言文字特殊性的基础之上，具有鲜明的民族特色的传统艺术。因为楹联主要是用书法的形式书写出来，悬于廊间柱前、堂上壁间，使人既赏文字，又品书法，所以两者关系极为密切。正如《红楼梦》中写道："偌大景致，若干亭榭，无字标题，也觉寥落无趣，任有花柳山水，也断不能生色。"这里的"无字标题"当指楹联、匾额的文字与书法两个方面。

我国书法源远流长。对联一产生就与书法结下不解之缘，许多联书俱佳的对联都是书法家自撰自书的。宋代著名书法家苏东坡、黄庭坚，元代大书法家赵孟頫等均擅此道，曾分别为广州真武庙、江西幕阜山月色江声楼、西湖灵隐寺等题有对联。

到了对联鼎盛期的明清两代，众多的对联高手中，更是书家辈出：董其昌、祝世禄、杨慎、解缙、王铎、纪晓岚、翁方纲、丁敬、郑板桥、俞樾、邓石如、高凤翰、金农、黄慎、伊秉绶、翁同龢、吴昌硕……

有意思的是，众多的对联大师出自书家，也有众多的对联在内容上与书法艺术紧密相连。有的书法家借对联谈书道。清代古文字学家、书法家冯桂芬有一联云："秦印篆分关内外，汉碑派别陕西东。"这副对联概括了秦、汉书法、篆刻的风格与区域的关系。

还有不少对联干脆是从碑帖之中集字而成，与书法的关系更是显而易见。如岭南书家吴子复，桃李满天下，但他慨叹："现在吴子复太多了。"为了让徒子徒孙们明白拘泥于师是没有前途的，他书晋《好太王碑》字集联赠其弟子："若言创法先违法，有道承师后远师。"碑帖集联既不失原碑帖之书法风貌，又容易切合与书法相关的内容，是对联与书法结合的奇葩。它也表明两者是互为内容、互为表现形式的。

对联的产生和发展，也使书法艺术增添了新鲜多姿的书写形式。书法的主要形式是条幅、长卷、横额、册页、扇面、对联等，而对联这种格式尤为明清以来的书家所喜爱，它在书体上不受拘束，草、篆、隶、楷、行、八分各体均可用来书写对联。在书写格式上也比较灵活，一般分上下两联，竖行由上而下，也可以上下联连在一起书写成条幅、横批、扇面等。

专家介绍，对联的书写，最常见的是上下联字字相对，点画粗细轻重和结构的大小正侧匀称统一，这种书写形式，以篆、隶、行、楷等书体居多。也有上下联字不相对的，这种书写格式以行、草书为多，特别是结构连绵不断的大草、狂草对联，行气、章法上强调气势和变化，不是一格一个字，而是大小相间，疏密互补。这种对联虽然用不对等的形式书写，但上下联的整体感仍然协调统一，用笔的轻重徐疾，点画的俯仰顾盼，结构的伸缩连断，布局的虚实参差，既要上下联各自独立，又要相互照应，既要变化，又要统一。

明清以来，对联的书写已经成为一门独特的书法艺术，受到越来越多的书家重视。仅看清代以来的书家，对联的书写就各有风格。像傅山的草书联浑脱逸宕，王铎的行草联沉雄豪纵，郑板桥的行楷联隶、楷、行三体相参，奇趣横生，钱南园的楷书联奇崛雄浑，何绍基的行楷联顿挫沉郁，伊秉绶的隶书联力雄气满，赵之谦的魏碑联峻整严正，吴昌硕的篆书联郁勃沉雄。近现代沈尹默、马公愚、邓散木、曾农髯、于右任、王福厂等书家所书对联也各具特色。如果没有对联这种特殊的文学形式，书法艺术宝库中的蕴藏也就不会如此多彩多姿。

最后需要说明的是，对联和其他文学作品一样，也有一个继承和发展的问题。一方面，对联如果不继承格律诗有关对仗等一些本质的要求，那么对联也就不成其为对联了；另一方面，如果从对联产生之日起就一成不变，并且固守一些不合时宜的"清规戒律"，那也是没有生命力的。历史在发展，时代在前进，我们的对联也应该与时俱进。比如，我们可以将具有时代气息的词组、语音、习惯、节奏，吸收到对联的创作上来，同时对平仄、对仗等格律、韵律，在遵循基本规则的前提下可以适当放宽，以适应时代的变化，跟上发展的节拍，使对联这种独具民族特色的传统文化艺术得以推陈出新，发扬光大。

（本文在撰写时参考并援引了众多专家的著述，由于出处较多，较难查证，恕不一一说明，在此，谨向有关专家致谢。）

主要参考资料

1. 刘锦藻：《清朝续文献通考》（卷三七五），浙江古籍出版社，2000 年 1 月

2. 〔意〕利玛窦，〔比〕金尼阁：《利玛窦中国札记》，中华书局，2010 年 4 月

3. 周汝昌：《曹雪芹新传》，山东画报出版社，2007 年 5 月

4. 周汝昌：《红楼梦新证》（增订本），中华书局，2012 年 9 月

5. 张爱玲：《红楼梦魇》，北京十月文艺出版社，2012 年 7 月

6. 龚缨晏：《古代中国最早介绍欧洲的著述》，《社会科学战线》，2015 年 11 期

7. 刘昌宇：《〈红楼梦〉里话中秋》，《团结报》，2018 年

9 月 12 日

8. 严中：《曹雪芹〈红楼梦〉与南京》，《扬子晚报》，
   2020 年 1 月 14 日

9. 刘孝存：《在运河边寻访曹雪芹遗迹》，《光明日报》，
   2022 年 6 月 24 日

10. 周舒：《大运河畔的曹雪芹》，《北京日报》，2021 年
    6 月 24 日

11. 胡晴：《大运河浸染了〈红楼梦〉》，《文汇报》，
    2022 年 3 月 1 日

12. 任晓辉，李欣：《曹雪芹与"运河第一码头"》，北
    京文艺广播，2019 年 2 月 27 日

13. 墨海顽石：《林黛玉诗歌〈桃花行〉赏析》，中国作
    家网，2017 年 7 月 10 日

14. 苗怀明：《谁在激流之畔写下传世书卷?》，大运河传
    播，2023 年 7 月 19 日

15. 邢虹：《南京与大运河有啥关系》，紫金山观察，
    2020 年 12 月 19 日

16. 闫雯雯，吴德玉：《大运河边不能忘却的异域血脉》，
    封面新闻，2023 年 8 月 30 日

17. 佚名：《怎样理解〈红楼梦〉蕴含的诗意?》，史册
    号，2022 年 11 月 18 日

18. 帘卷荷香：《看那将散的宴席》，微语红楼，2018 年

附录六 主要参考资料

8 月 12 日

19. 君笺雅：《〈红楼梦〉故事发生地在南京还是北京?》，君笺雅侃红楼，2022 年 8 月 23 日

20. 学智堂：《〈红楼梦〉原书是曹雪芹用南京话写的》，国文二十一世纪，2018 年 7 月 10 日

21. 李满：《明理悟道，充满了浓浓的禅意》，网易号，2022 年 8 月 26 日

22. 湖湘：《宋代高僧释守净一首禅诗道出人生哲理》，《湖南人在上海》，2022 年 9 月 20 日

23. 卢梭：《贾探春的治世之道是什么?》，卢梭谈红楼，2021 年 5 月 7 日

24. 陶先准：《探春的〈咏白海棠〉》，《红楼梦》诗词鉴赏，2023 年 4 月 27 日

25. 润杨阆苑：《史湘云的少年梦被现实打得稀碎》，红楼笔记，2022 年 2 月 24 日

26. 刘黎平：《暗藏在〈红楼梦〉咏花诗词里的密码》，韶阳唱和，2018 年 2 月 5 日

27. 温暖前行：《〈红楼梦〉里隐藏最深的才女》，少读红楼，2020 年 2 月 11 日

28. 汪昌陆：《"裙钗一二可齐家"浅析》，微语红楼，2017 年 4 月 12 日

29. 少读红楼：《秦可卿卧室里的〈海棠春睡图〉暗藏玄

机》，我的图书馆，2020 年 2 月 11 日

30. 祁建：《曹雪芹在北京住过的地方》，旧事敝帚，2022 年 4 月 1 日

31. 户力平：《曹雪芹在京西哪些地方落过脚》，《北京晚报》，2015 年 10 月 8 日

图书在版编目(CIP)数据

《红楼梦》对联中的金陵十二钗 / 赵腊平著.
-- 北京：中国文史出版社,2024.7
ISBN 978-7-5205-4603-4

Ⅰ.①红… Ⅱ.①赵… Ⅲ.①《红楼梦》人物-人物研究
Ⅳ.①I207.411

中国国家版本馆 CIP 数据核字(2023)第 256839 号

责任编辑：牟国煜
版式设计：北京红伟图文设计有限公司

出版发行：**中国文史出版社**
社　　址：北京市海淀区西八里庄路 69 号院　邮编：100142
电　　话：010-81136606　81136602　81136603（发行部）
传　　真：010-81136655
印　　装：北京新华印刷有限公司
经　　销：全国新华书店
开　　本：880×1230　1/32
印　　张：10　　　字数：168 千字
版　　次：2024 年 7 月第 1 版
印　　次：2024 年 7 月第 1 次印刷
定　　价：56.00 元